新しい韓国の文学

22

The『たそがれ』is published by arrangement with
Munhakdongne Publishing Group and K-BOOK Shinkokai.
This book is published with the support of
Literature Translation Institute of Korea (LTI Korea).

たそがれ

黄晳暎＝著

姜信子／趙倫子＝訳

もくじ

たそがれ

たそがれ

1

講演が終わった。

プロジェクターの光が落ちて、スクリーンの映像も消えた。

私は演台の上に置かれていた水を半分ほど飲んで、口々に話しながら席を立ちはじめた聴衆の中に降りていった。「旧都心地開発と都市デザイン」というテーマだったのだが、それなりに人は集まっていた。おそらく利害関係のある人びとなのだろう。市庁の民間企画委員会を担当している課長が私を案内し、私は彼のあとについて講演会場の外のロビーに出た。皆、いっせいに入口に向かって歩いている。人の流れをかきわけて若い女性が一人、私の方へと近づいてきた。

「先生、すみません」

ジーンズにTシャツというありふれた身なりの女性だった。化粧っ気のない顔。髪は短い。

私は立ち止まって彼女を見た。

「お伝えすることがありまして」

私は戸惑い、彼女をまじまじと見つめて、それから差し出されたメモを見た。名前は大きく、おそらく電話番号であろう数字は小さく書かれていた。

「これは？」

メモを受け取って尋ねると、彼女はすでにそろそろとあとずさりして遠ざかりつつある。

「先生の古くからのお知り合いだと……必ずお電話してほしいとおっしゃっていました」

私がさらに尋ねようとしたときには、その若い女性はもう人ごみの中に消えていた。


私が霊山[*1]（ヨンサン）に向かったのは、ユン・ビョングの妻から携帯電話に送られてきたメッセージゆえのことだった。

ユン・ビョングは幼なじみだ。私は故郷の霊山で国民学校を卒業した。ユンは私の家のすぐ裏に住んでいた同級生だ。町の住人の多くは新しく作られた中央通りにつながる商店街に店を持つ人びとか、郡庁、学校、役場などに勤める人たちであったが、広い中庭のある端正な伝統家屋に暮らしているのは郡の至るところに農地を持つ地主たちだったはずだ。父は役場の書記の薄給で妻子を養っていた。

朝鮮戦争が襲いかかり、そして通り過ぎていったとはいえ、霊山は洛東江[*2]（ナクトンガン）の橋頭堡の内側だったので、以前とそう変わりはなかった。父が戦場から生還して町の役場に職を得たのは、どこか高地での戦闘で手柄を立てて勲章をもらったこと、日本の植民地時代には郡庁の小使いとして働いていたことのおかげだと母は話していた。父は百姓ばかりの集落の若者たちのなかにあって、国民学校を卒業し、日本語と漢字の読み書きができた。父の文机の上にはページの角が黄色く変色した六法全書や行政学の類の古い本が整然と並んでいた。後に田舎を離れ都会に出てからも、しばらくは代書屋の書記として生計を立てていたのだが、それもおそらくそのおかげだったのだろう。私たちは貧しかった。それでも、毎月父が受け取る公務員の給料があり、毎年食糧をもたらしてくれる母方の土地があった。千坪ほどの農地は母が嫁入りするときに祖父から贈られた土地だった。

私たちが暮らしていた家は町はずれの山ぎわ、急な斜面の下にあった。部屋が三つ、そのあいだに大きな板の間が一つ、横に一文字に並んだ家だった。ビョングの家は私の家と石垣一つを挟んださらに高いところにあった。部屋が二つに台所があるだけの、まさにあばら家で、最初は土壁に草葺き屋根だったのが、後に屋根だけスレート葺きに替わった。幼い頃の友人とはいえ、実のところ私はビョングのことをあまりよく知らない。私が国民学校を卒業した頃に、わが家は霊山を離れソウルに移ったのだ。ビョングに再会したのはそれから数十年後、私たちはもう四十歳になろうとしていた。あれはたしかソウルの中心街にあるホテルのカフェラウンジでのことだった。

「俺が誰かわかるか？」

慶尚道（キョンサンド）の訛りで声をかけられたとき、誰なのかわからなかった。当時の官公署のお偉方のように紺色の背広を着て、シャツの襟は外に出ている。その人物がユン・ビョングという名前と霊山という地名を口にした瞬間、不思議なことに、忘れていた彼のあだ名がまるで魔法をかけられたかのように私の口をついて出た。

「焦げイモ、おまえ、焦げイモじゃないか？」

たとえ血縁であっても二十年以上もの時を経て会ったとなれば、互いにあまり話すこともない。たいていは家族のことや現在の暮らしぶりなどを尋ね合い、なんとなくコーヒーを一緒に飲み、名刺でも渡して連絡先を交換し、そのうち一杯やろうとかなんとか漠然とした約束をして別れる。そして二度と会うことはない。いや、電話で何度か話すことはあるかもしれない。仮にふたたび会ったとしても、そう旨い酒にもならず、長くはつづかない。人は誰しもそれぞれの事情による利害関係があるものだ。利害という接点がなければ、親戚であっても法事以外には会うこともない。ユンと私の新しい関係がつづいたのは、私がヒョンサン建築におり、彼が中堅建設会社であるヨンナム建設を買収したばかりだったからだ。「焦げイモ」と、私が彼のあだ名を思い出して口にするや、ユン・ビョングの目のふちが潤み、私の両手をがっしりとつかんで、覚えていてくれたのか、と声を詰まらせた。

ユンの家はわが家の中庭の左端、ひと抱えほどもある欅（けやき）の木のそばに立つ塀の裏手にあり、毎朝塀越しに顔を突き出し、学校に行こうと大きな声で私を誘ったものだった。彼の家は、家々も途切れる集落のはずれにあった。そのあたりは国有地で、そこから松の茂る斜面がはじまる。朝鮮戦争が終わったあとのどさくさの中で、耕していた土地を取り上げられた近隣の小作人たちが、一人二人とそこに入りこんで、つぎつぎにやっつけで土と石の壁を作り、小屋を建てていくうちに、十戸ほどになった。彼らは町の雑用や、塗装、大工、郡庁の雑務などを一手に引き受け、収穫期には周辺の農村の手伝いなどをして暮らしていた。私もそのような家々の一軒で生まれた。はっきり覚えてはいないが、ビョングは国民学校三年生の頃にわが家の裏に越してきたのではなかったか。越してきた日、ビョングのほうから人懐こく声をかけてきて、私たちはその日の午後ずっと裏山に登って遊んだ。気さくなビョングの母親が、働きに出ている農家でサツマイモを収穫したあとに、畑に放り捨てられている不出来なイモを拾って、かごに入れて持ってきてくれたことも思い出した。ユン・ビョングはしばしば昼食にサツマイモを二つばかり包んで学校に持ってきていた。ビョングの父親はどこに行っているのか、めったに見かけなかったが、家に帰れば酒に酔って大声で喚き、妻を殴りもした。父親は近隣の都市で建設現場の人夫頭として働いていたのだという。

私がユン・ビョングを忘れることができなくなったのは、ある日、裏山に登り、焚き火でサツマイモを焼いて食べていて山火事を起こしたからだった。熱いサツマイモの皮をむくのに気を取られているうちに火の粉が乾いた草に飛び、二人で必死になって火の手を追いかけて足で踏んだり、上着を脱いで叩いたりして消そうとしたが、あっという間に火は四方に広がった。慌てふためいた私が山を駆けおりていって「山火事だぁ」と叫ぶと、数十人もの大人が家々から飛び出してきた。町内の人たちが裏山に押し寄せ、暗くなるまで大騒ぎしたすえに、やっとのことで火は消えた。

ビョングと私はその大騒ぎのあいだ、郡庁の前の公会堂の中に隠れていた。公会堂は植民地時代に神社があった場所で、講演会場やテコンドーの道場として使われていた。私たちは真っ暗な公会堂で身を寄せ合って眠り、家族や集落の人びとは私たちを探して夜遅くまで裏山を歩きまわった。翌日、学校に行って、自分たちがどれほど有名になったかを思い知らされた。私たちは「火の用心」と書かれた画板を両手で頭の上に掲げた状態で、職員室の前に立たされたのだ。ビョングに「焦げイモ」というあだ名がついたのはその頃のはずだが、誰が最初にそう呼んだか思い出せない。ずんぐりとした体つきや、丸くて真っ黒な顔にきらきらと利発な目をしたビョングにぴったりのあだ名だった。

私が建築を学び、それを生業とするようになったことや、ユン・ビョングが建設会社の代表になったことは偶然に過ぎないが、その後も気が合ったのは互いに必要としていたからだ。私の家族が霊山を出たあと、彼がどのように生きてきたのかは数十年ぶりに再会した日、とある日本料理屋で詳しく聞いた。誰であれ、自身がくぐり抜けてきた困難な過去は血と涙の歴史だろうが、それはわざわざ口にしてひけらかすようなものではない。若者に向かって、君たちは食べ物と言えば麦がせいぜいで、それすら口にできないかもしれない春窮期も知らなければ、昼食にありつけない子どもが空腹を満たそうとしてやってくる学校の運動場の水飲み場も知らないだろう、とため息をつくことぐらいにつまらぬことだ。

ビョングは成績がどん底で、月々の学費もほとんど払えない有り様で、五年生の頃だったか、学校をやめた。ぶらぶらしていたのもつかのま、新聞配達をし、バスターミナルで物売りもしたが、そのうちすぐに貨物トラックの助手になった。彼の父親は都会に出たあと、いつの頃だったか、二度と帰ってはこなかった。気さくな彼の母親は町の食堂で働き、下の妹は美容師の勉強をすると言って家を出た。ユン・ビョングと私は相前後して七十年代の中頃に軍隊に行った。私は大学在学中に軍隊に行ったので、彼よりは少し遅かったと思う。ユンは工兵隊に配属され、重装備教育を受け、これが後に彼の人生に転機をもたらした。ユンは除隊するとすぐ重装備技術に関する資格を取り、その頃活発になっていた農村近代化事業に飛び込んでいった。

ユンはまず手はじめにショベルカーを借りて農地改良事業に乗り出した。農地改良事業とは、小作農が農村を去り、二千坪以下の小規模農家までもが持ちこたえられずに去ったあとに、その農地を手に入れた中規模以上の農家を中心にして農村を再編した「セマウル運動[*3]（新しい村運動）」の頃に盛んだった事業だ。農地の区画整理と水路の再整備がその内容だった。このような事業は、地方ごとに、われこそはと地元の有力な連中が乗り出して郡庁とともに行うもので、ビョングはその連中の下でみずから手足となって働いた。最初の数年は重機を数台増やすだけに終わったが、地方の幹線道路の工事を受注することで彼は小さな町を脱け出し、「道」単位で飛びまわりだした。その後は国会議員や裁判官、検事にまで交際範囲を広げていった。彼の名刺は数種類あり、肩書がずらりと羅列されていた。まずは建設会社代表、加えて某政党諮問委員、そのうえさらに青少年善導委員、奨学会理事、青年会議所、ロータリークラブ、ライオンズクラブ等々。私と会った頃には、彼は不渡りを出した建設会社を買収して大都市にアパート団地を建てはじめていた。どちらが先ということもなく、私たちは互いを必要として、こまめに電話し、直接会い、数件の事業をともにした。

ユンの妻から携帯電話に届いたメッセージはこうだった。「主人が倒れました。体調を崩す前からしきりにあなたに会いたがっていたので、一度霊山まで来てください」

気は進まなかった。それでも霊山に行くことにしたのは、どんな理由からだったろうか。おそらくその数日前にキム・ギヨンが私に投げかけた一言のせいかもしれない。「空間、時間、人間だって？　俺たちの建築に人間がいたか？　人間がいたなら死ぬ前に後悔することだろうよ。ヒョンサン先生も、おまえたちも、みな反省しなくちゃな」

キムは大学の先輩だ。彼が末期癌の闘病中だから、ただうっすら微笑んで論争を避けたのではない。私は彼が好きだった。彼の愚直な純粋さ、人と世の中に対する見返りを求めない一途な態度が、皮肉ではなく好きだった。周囲からは彼の理想主義は実力なきがゆえのことだと言われたりもしたが、それこそがキム・ギヨンの実力だと私は思っていた。しかし、彼に対するこのおおらかな評価は、私自身が世の中に一途に思いを寄せたりしないと心に決め、彼のことも一定の距離を置いて眺めていたことから来る余裕のようなものだった。私は、もう早くに、人とその世界は信じるに値しないという結論を下していた。人びとは欲望のままに、さまざまな価値のうちから有用なものだけを少しだけ残して、あとの大部分は自分勝手に変形させたり、廃棄処分にしたりもする。少しばかり残しておいたものさえ、時が経てば、すっかり使い古したとばかりに記憶の屋根裏部屋に押し込める。何のために建物を作るかだって？　結局は金と権力が決定することだ。金や権力によって決定された記憶だけが形象化されて、長きにわたって残るのだ。

峠を越えたらもう霊山だった。私の家族がここを去った日の夜のことが思い出された。トラックの運転席の隣に父と母が乗り、私と弟は荷台の荷物のあいだに小さくなって座っていた。舗装されていない道路を走るトラックががたがたと揺れるたびに、いろいろな食器が詰め込まれていた盥(たらい)が揺れて騒々しい音を立てた。結局、磁器の食器の半分は割れてしまった。夜が明け、ソウルへとつづく国道に入ってようやく車から降り、クッパ（汁かけごはん）を買って食べた。村を離れる前に夕食もとれなかったから、私たちはあたふたと熱いクッパをかきこんだ。母が「夜逃げしなくちゃならないなんて、まったく……」と言って、わっと泣き出した。

十五年前にも霊山を訪ねたことがある。ユン・ビョングが故郷に家を建てると言って駆けずりまわっていた頃のことだ。人は根っこを忘れてはいけない、とユンはいかにも真面目くさって言った。私は作り笑いで話を合わせたが、彼がそんなことを言うとは、耐えがたいほどに気恥ずかしかった。ユンは霊山で大地主だったチョ一族の古い家を解体し、貯水池を広々と見渡すことができる松林をすべて買い上げ、居を構えた。その頃にはすでに、かつての霊山の面影はなかった。都市に比べて田舎の時間はゆったりと流れると言うが、その地を去った者にとっては早回しの映像のように感じられる。なにか縁があって一、二度立ち寄るかどうかというほどであってみれば、十年という歳月はほんの一日のようでもあり、見慣れた顔はすっかり消えて、ソウルで見たような建物と風景が中央通りの両側を占領している。そうして、速度をあげた車窓の風景のように跡形もなく過ぎ去っていく。

ユン・ビョングの妻は私を見るなり、ハンカチで涙を押さえた。彼女は、もとは国民学校の教師で、ビョングの事業が軌道に乗り出した八十年代はじめに結婚した。私は彼が舞い上がらずに地に足のついた結婚をしたと思った。ユンの妻は病室の前で私と向かい合うと、ひとりごとのように呟いた。

「政治なんかやめてってあんなに言ったのに」

すでに手術を終えたユン・ビョングは昏睡状態だった。不幸中の幸いだったのかもしれない。彼は検察への出頭を一週間後に控えていた。おそらく関係者たちはこの知らせを聞いて胸をなでおろしたことだろう。私は、ありとあらゆる医療機器に取り囲まれて横たわっているユンの枕元にずいぶん長いこと座っていた。彼の顔の半分は酸素マスクで覆われていた。息子は道立病院に移そうと言ったけれども、その途中で何が起こるかわからないからそのままここに入院させた、とユンの妻が言った。ユンの長男と夕食をともにした席で、ユンが私に会いたがっていた理由を尋ねた。息子が真面目な口ぶりで言うことには、少し前からユンは実家のあったその場所に記念館を建てたがっていたという。

「父が言っていました。先生のお宅があった場所とそのあたり一帯が五百坪ほどになるのだそうです。先生が設計をして建物を建てて、文化財団を一つ作ろうと」

私はくすりと笑ったが真面目に答えた。

「そういうことはお父さんが元気になってから考えないとな」

ソウルで父親の会社の経営を任されている息子も、そのような話が適切な話題ではないことをよくわかっているようだった。彼は食事中に携帯電話を何度も覗き込み、外に出ては大きな声でなにかを指示したりもした。近頃霊山のような田舎の人口がますます減っていて心配だとも言った。老人が取り残されて独りで暮らしている家や、空き家になっている家が大半である地域が一つ二つではないということだった。若い人がすっかりいなくなってしまってからもうずいぶんになる、と彼は田舎の実情についてさも知っているかのように語った。実際、彼にしろ、私にしろ、このような田舎には一年に一度でも来るかどうかというところであるのだから、あながち間違ってもいないのだろう。

すでに周囲は暗くなり、私はユンの息子が取ってくれたというホテルに入った。廊下の両端に防犯カメラが設置されていて、リモコンで照明やテレビ、エアコンまで操作できる最新設備だった。慣れない場所だからだろう。横になっていてもなかなか寝つけない。こんな田舎にどうしてこんなに街灯があるんだ……ぶつぶつ言いながら、私はガラス窓から漏れてくる明かりを遮ろうとカーテンをきっちりと閉めた。

朝早くに目が覚めた。闇の中で光っているテーブルの上のデジタル時計を見ると七時十分だった。私は若い頃から朝は遅い。建築事務所というのは一般の職場と違い、各自があらかじめ企画した部分だけをこなせばよく、オリジナリティだのなんだのと、雑務に縛られずに済んだからでもある。建築事務所をみずから経営するようになってからは一週間に二、三度出勤し、それも午前十時を過ぎてから立ち寄り、なにもなければ午後早くに事務所を出た。昔からずっと深夜に仕事をしてきたのだ。ほかの者たちが出勤する頃にようやく起きだして仕事や活動をはじめるのが長年の習慣になっていた。

まだ早い時間だったが、ホテルの部屋にただ寝転がってもいられない。ホテルから大通りに出ると、すぐ目の前が市外バスターミナルだった。田舎の人はやはり勤勉だ。もうすでにターミナルの前は人とタクシーで混雑していた。私は今度は、なぜ田舎町にこんなに車が多いのかとぶつぶつ言いながら中央通りを歩いた。かつての屋根の低い店舗は姿を消し、二階や三階建てに高さを増した建物が左右に並んでいた。位置だけはそのままに、道は前よりずいぶん広くなっていた。

交差点を右に曲がり、郡庁の横の道と文化会館を過ぎて、坂道のところで左右を見ると、そのあたりにあるはずの松林が見当たらない。路地は消えてなくなり、二車線の舗装道路が通っていた。両側に延々とつづいていた石垣もなくなっていた。やはり二、三階建ての真四角の建物が道に沿って並んでいる。私は裏山の形で見当をつけて左に折れた。坂を上がっていくとセメントの蓋で覆われた下水道を見つけた。方向は正しかった。かつて小川が流れていたところだ。いつか酒に酔って帰宅した父がそこにはまったことがあり、私が蛙を捕まえたところでもある。

畑のあいだに家が一、二軒ずつ見えた。私の家は見えない。十五年前に来たときには、だいぶ傷んではいたものの人が住んでいた。その後空き家になり、とうとう撤去されたのだろう。私は、ビョングの家の庭の段下にあったわが家の庭の片隅にそびえていた、あの大きな欅を覚えていた。その木もない。いや、あるにはあった。木は切られ、枯れた切り株だけが残っていた。あちこちに大小のキノコが生えていた。ビョングの家があったところまで、唐辛子畑が一面に広がっていた。斜面に沿って整理され、畝ごとに黒いビニールが被せられていた。裏山は以前よりも木々が鬱蒼として茂っていた。

私は残った者より去った者の方がずっと多いこの田舎の、開化された姿を理解することができなかった。ホテルから商店街と住宅地に至るまで二、三階建ての箱のようなセメントの建物が並ぶ町は、以前よりももっと荒涼として見えた。低い屋根の上を漂いのぼっていた飯を炊く煙はどこにも見当たらない。裏山から見おろしてみれば、どこかの小都市のような風景だった。もっと言うなら、ソウル郊外の風景のようだった。私も焦げイモも、ずっと前にこの世を去った父も母も、この町も、最初から地上に存在していなかったかのようだった。

週末の午前にアメリカから電話があった。娘はこのひと月のうちにあったことをこまごまと話した。娘は私の唯一の子であり、いまはアメリカに暮らしている。医大を出て総合病院の医者になり、アメリカ人の教授と結婚した。留学して現地で結婚し、そのまま彼の地の人になってしまったのだ。娘がアメリカに定住することになると妻は頻繁に行き来するようになり、いまではすっかり腰を落ち着けるつもりなのか、もう何年も帰ってこない。妻の実家の家族もほとんどがアメリカで暮らしている。しかも、妻との結婚生活は十年以上も前からぎくしゃくしはじめ、近頃はすっかりすれ違いとなり、修復はいよいよ難しくなっていた。娘は母親が最近引っ越したアパートメントの話をした。そこで叔母たちと娘家族が集まって引っ越しパーティを開いたという。お父さん、元気にしてる？　お母さんが血圧の薬をちゃんと飲んでねって。最近になって娘の家の近くのアパートメントを手に入れたということは、つまり、妻には帰って来るつもりがない。

私は久しぶりに煙草を吸いたくなり、あちこち探しまわった。ときどきアイデアスケッチで煮詰まると手にする赤いマルボロの箱がどこかにあるはずだ。ライターは机の上のスタンドの横で見つけた。まず引き出しを開けてみた。ついでクローゼットの背広をまさぐりはじめた。服の上から煙草の箱に触れた。手探りで煙草の箱を引っ張りだしたときに、なにかがぽとりと落ちた。名刺二枚とメモが一枚、足元に落ちていた。名刺は市庁の職員のものが一枚、もう一枚はどこかの雑誌社の記者のもの、そしてメモは……。私はそれを机に置き、煙草を取り出して口にくわえた。電話番号の上に大きく書かれた名前をぼんやりと眺め、心の中で繰り返す。チャ・ス・ナ。久しく忘れていた数十年前の記憶の中の名前だった。先週、講演会場で若い女性からメモを渡された場面を思い出した。講演が終わると建築雑誌のインタビューがあり、そのあとは数人と連れ立っての酒席だった。そのうえここ数日はあれこれと忙しいスケジュールをこなしていて、メモをもらったことすらすっかり忘れていた。

私はしばらく迷ったすえに、机の上の固定電話を引き寄せてメモに書かれている番号を押していった。しばらく呼び出し音が鳴りつづけ、留守番電話につながった。私はなにかを言おうとしたが、すぐに受話器を置いた。そして、携帯電話からメッセージを送った。

パク・ミヌです。都合のよいときにお電話ください。

事務所に寄ってみると建築士のソンが言った。

「今日キム・ギヨン先生の集まりがあるそうですが、行かれますよね？」

「キム先輩と？　何の集まり？」

「医者の話では、もうあまり長くはないそうなんです。なので気晴らしに、親しい人間だけで先生と一緒に出かけてみようかと」

「それでどこに行くんだって？」

「江華（カンファ）だそうです」

私は運転手付きの社用車ではなく、ソンの車に同乗することにした。オリンピック大路を過ぎてソンが言った。

「テドン建設のイム会長が目をつけられているらしいんです」

私は、ソンが何らかの噂を聞いたのだとわかったが、わざと知らないふりをして聞き返した。

「目をつけられている？　いったい、どういうことだ」

「いまの政府との関係がよくないという話があるんですよ」

テドン建設は漢江（ハンガン）デジタルセンターのプロジェクトを私たちに任せていた。現在その超高層建築は半分以上できあがった状態だった。私はことさらに無関心を装って答えた。

「俺たちは任されたことだけやればいいんだよ」

「ええ、とにかく、最後まできっちりやるしかないでしょうね」

ソンはどうやら新聞記事を読んだようだった。当局が内偵中であるということと、テドン側が郊外地域で推進中のアジアワールド事業が資金の問題で挫折するかもしれないという内容だった。

「久しぶりに遠足気分で出かけているのに、興ざめなことばかり言うなよ」

私がさも楽しげに言うと、ソンが話題を変えた。

「キム・ギヨン先生は体の具合が悪くても、心は穏やかみたいですね」

「そうだな、もともと楽天的な男だからな」

平日とあって一度も渋滞せずにオリンピック大路を走って金浦（キンポ）を過ぎ、江華草芝（カンファチョジ）大橋を渡った。交差点のそばの駐車場に車を入れ、私たちは喫茶店に入った。先に来て待っていたイ・ヨンビン教授がさっと手を上げた。彼は私と同世代だ。出身校は違うものの、コンペで競い合ううちに知り合った仲で、活動時期が重なっている。互いに仕事を取ろうと競ったこともあり、同じプロジェクトに一緒に参加したこともあった。イ・ヨンビンはキム先輩のようにヨーロッパで建築を学んだ。実務においては私たちに比ぶべくもないが、とにかく彼は裕福な家に育ったソウルっ子だ。イ・ヨンビンはさっさと教授の道を選び、いまは言葉ばかりで中味のない批評家なんぞをしている。カジュアルな服装にキャップをかぶった彼が意外そうに言った。

「君、忙しいのにどうしてここまで来たんだい？」

「キム先輩にずいぶんと会っていなかったもんだから」

駐車場に一台のバンが停まった。見覚えのある青年が喫茶店の方に走ってくる。建築雑誌の編集長だった。彼はきょろきょろと店内を見まわして、私たちに声をかけた。

「みなさん、行きましょう。東幕（トンマク）海水浴場の近くに予約してあるそうです」

キム先輩は助手席から、近づいてくる私たちを見て手を振った。三台の車がつづいて海水浴場に入っていったが、時期的にはまだ早い海辺である。遊びにきている家族連れと若者数人が見えるだけで、閑散としている。海が見渡せる海辺の食堂に入り、腰を下ろした。キム・ギヨンは数か月前よりさらにやつれていた。癌治療の後遺症による脱毛が広がり、くたびれた中折れ帽を深くかぶっていた。私たちのほかに雑誌社から来た二人と、画廊のキュレーターが一人、そしてキム先輩の妻と彼の建築事務所の弟子たちとで、一行は十数名だった。キム先輩夫婦とイ・ヨンビン、私の四名が同じテーブルにつき、マナガツオやママカリなどの刺身と焼き貝を頼んだ。

私たちはヒョンサン建築の初期の頃に一緒によく行った摩尼（マニ）山登山の話をした。あの頃はみな若かった。外国留学から帰ってまだ間もなくて、怖いもの知らずだった。成功の意味がそれぞれ違ってはいたが、キム・ギヨンは当時もいまもアトリエ程度の小さな仕事場を維持し、イ・ヨンビンは記念すべき業績の一つも残さぬまま大学に身を移して口先ばかりの仕事をしている。私も一時は百人近い社員を抱える企業のような建築事務所を経営したこともあったが、分別がつくと勢いがなくなるということだろうか。外貨危機[*4]に見舞われたことを機に規模を縮小して、社員二十数名ほどの実質重視の事務所に転換した。

キム先輩は、今日は久しぶりに郊外まで出て、気分が良さそうだった。彼が笑うたびに、痩せてひときわ小さくなった顔がくしゃりと皺だらけになりもした。医者が抗癌剤に打ち克ちたいなら高たんぱく食品をたくさんとらなければならないと言ったというが、彼は妻が取り分けてくれるアワビやハマグリなどに少し口をつけただけだった。

「正直に言うと、もうあまり長くはないようなんだ」とキム先輩は言い、そして尋ねた。「君たち、イギリスに行ってロンドン・アイに乗ってみたことはあるかい?」。イ教授が乗ったことがあると言い、キム先輩がうなずいた。

「あの観覧車がひとめぐりするのに一時間かかるらしい。仏陀が言っただろう、人間の命のひとめぐりは一輪であり、一輪は百年なのだと。とすれば、俺たちはみな、ひとめぐりもできずに降りていることになるのじゃないか」

百年後にはここにいる人びとの大部分は消えて、存在していないだろう。この世は新しい人びとばかりになっているのだろう。それでも建築屋は多少はましだと、建物は地上にそのまま建っているはずだと、そんなふうにも思うこともできるが、ただ貪欲で見苦しい形状として残っているかもしれない……。昼食をすませると、若い連中は海辺を散歩しよう、カモメにえびせんべいを投げてやろうなどと言いながらぶらぶら歩きだした。夕方になって私たちはようやく華道面（ファドミョン）*5側の摩尼山の登り口の山裾に車を止めて、風にあたった。夕焼けだった。太陽はのんびりと、実にゆっくりと水平線に沈んだ。

イ・ヨンビンがヨンナム建設のユン会長の話をはじめた。

「あの人は君の幼なじみじゃなかったかい？　ヒョンサン時代に君の関係で僕も何度か会ったことがあるよ」

キム先輩も思い出したようだった。

「あの頃はみんな派手にやっていたよな。あの人はたしか国会議員にも一、二度なったんだよな？」

「ユン・ビョング会長もそうだし、最近のテドン建設の件もそうだし、結局はすべて裏金が問題なんじゃないか」

イ教授が静かに私を窺い見ながら言った。

「もう手を引いたらどうだ？」

「こっちは絵を描いてやっただけのことだよ。ユン会長なら、いまヤツは倒れて人事不省だ」

私は霊山に行ってきた話を少しした。家々も石垣も小道もすべてなくなり、私が生まれた家のあった場所には切り株だけが残っていたと。

「この世の故郷がすべてなくなってしまいました」

私の言葉に、沖の方を眺めていたキム先輩が振り返って私たちを見た。

「それはすべて君たちの仕業じゃないか。ああ、きれいな夕焼けだ！」

ソウル市内へと一行はそれぞれに帰っていったが、イ教授は私の事務所まで一緒にやってきた。そんなつもりではなかったのだが、彼と私は会社の近くのワインバーで夕食を兼ねて一杯飲むことにした。彼がキム先輩の最後のイベントを手助けしようと提案した。キム先輩のデザインスケッチや、建築模型、写真資料、設計試案などを展示する回顧展を開こうというものだ。まわりで募金をしているというから、君も少し協力してくれ、と彼が言った。ああ、そうしよう。その程度に応じておいた。ほろ酔いになったイ・ヨンビン教授はトイレから帰ってくるといきなりこう言った。

「今日は病人に会ったせいか……あのアカシアの森を思い出すね」

「アカシア？」

私は何のことかわからず生返事で応じた。

「ほら、あの江北(カンブク)地区の開発のときの」と、イ・ヨンビンが付け加えると、ようやく急斜面に安普請の家がぎっしりと立ち並んでいた「サンドンネ[*6]（山の町）」と小さな裏山を思い出した。

「それがどうしたんだ？」

私がつぶやくと彼が言った。

「いや、ただ昔を思い出してさ。俺たちが全部消してしまっただろ」

私はしばらく黙って座っていたが、またもや気のない声で言った。

「君、知らないだろう？　俺もサンドンネの出身だよ」

イ・ヨンビンは気にもかけない様子で答えた。

「前に君から聞いたよ。いつも言うことだけど、君は勝者だ」

午前零時近くなって私たちはようやく席を立った。家に帰り、服を着替えながら携帯電話を取り出して確認をすると、数件のメッセージの中にチャ・スナのものが混じっていた。


チャ・スナです。電話をくださったんですね。忘れずに電話をくださり、ありがとうございます。わたしは昼間は電話できないのですが、夜なら遅くてもかまいません。

私は迷いつつも数字を押しはじめた。遅い時間だったが、メッセージが来たのはほんの一時間前ではないか。寝ているなら電話を取らないか、電源を切っているだろう、そう思いながら数字を順に押してゆく。呼び出し音が遥か彼方から聞こえてくる。もしもし、という声が聞こえた。あのう、私はパク・ミヌという者ですが。ああ、パク・ミヌさん？　わたしを覚えていますか？　同じ町に住んでいた……製麺所の。年をとっても声にはあまり変わりがないようだ。私もつられて声が大きくなり、いまはどこに住んでいるのか、そこで何をしているのか、ご両親はお元気なのか、たてつづけに尋ねた。チャ・スナは、富川（プチョン）で商売をしている、暮らしに不自由はない、あなたの講演のことは偶然に知ったと言い、じゃあなぜ講演会場に訪ねてこなかったのか、会えたらよかったのにという問いにはあっさりとこう答えた。年を取って太ってしまって会うのがなぜだか恥ずかしくって。私は、互いに連絡先がわかったのだからたまには電話で話そう、いや、一度時間を作って会おう、そう言って電話を切った。

翌日、頭痛と喉の渇きで目を覚ますと、頭の中がうつろで、白紙のように感じられた。そのうちだんだんと、海辺、丘の上から見た夕焼け、末期がん患者の楽天的な笑い声、そして受話器を通して聞こえてきた女の声がシミのようにその白紙の上に広がっていった。支離滅裂につながった夢のつづきのようだ、早く目覚めないと……。頭を何度も強く振った。冷蔵庫から水を取り出し、一気に二杯飲みほしてテーブルの前にぼんやりと座っていると、玄関のチャイムが鳴った。家政婦が来る日だった。面倒だが外出しなければならない。

＊1【霊山】慶尚南道昌寧郡（キョンサンナムドチャンニョン）霊山面。

＊2【洛東江の橋頭堡】朝鮮戦争当時、洛東江が南進する北朝鮮軍に対する防御線となった。洛東江は霊山の西方で西に突き出るように曲がっており、ここを渡河しようとする北朝鮮軍と米軍の間で激戦が繰り広げられた。

＊3【セマウル運動】朴正熙（パクチョンヒ）大統領の下、一九七〇年初頭からおもに農漁村で展開された社会経済革新運動。このセマウル運動の各地方の指導者たちもまた、朴正熙の維新体制（軍事独裁体制）を支えた。

＊4【外貨危機】一九九七年のアジア通貨危機の際に、韓国の外貨準備高が急激に減少、資金流出が止まらず、ＩＭＦ（国際通貨基金）に緊急支援を要請するという事態になった。ＩＭＦによる韓国経済の構造改革は、貧富の格差をより大きなものとした。

＊5【面】韓国の行政区分として郡・市の下に面が置かれている。

＊6【サンドンネ】韓国の都市の丘や小山の斜面に張りつくようにして形成された貧民街。

時の止まった廃墟の真ん中に、雑草と野の花に覆われて横たわる錆ついた機関車のように、彼の埋葬はまだ終わっていないのだった。

2

最後のセリフとともに練習も終わった。明日の最終リハーサルが終われば、明後日からは公演だ。役者たちは三々五々解散してゆき、わたしは小劇場の入口の横にある劇団事務所に上がっていった。代表は電話中だったが、わたしを見ると手招きをした。彼は電話を終え、携帯電話のメッセージを確認してからわたしに言った。

「明日インタビューが二件も入ってきたんだ。演出家のチョン兄(ヒョン)が受けてくれないとな」

そう言われてわたしが喜ぶとでも思っているのだろうか。うんざりしてなにも答えたくなかった。チョン・ウヒというちゃんとした名前があるというのに、男同士みたいに兄(ヒョン)、兄と呼ぶのが嫌だった。いいように使っているくせに、まるで同志的関係でもあるような口ぶりじゃないか。

昼からなにも食べることができないまま、もう夜九時を過ぎてしまっている。空腹さえ忘れてしまった。今度の作品は原作者に了解を得て小説を脚色したものだから、原作料はないとしても脚色料はいただかねばならない。演出を引き受けてから数か月の間、わたしはうんうんと頭を抱えながら脚色した。役者たちも同じではあるけれど、わたしも脚色料はおろか、演出料も貰っていない。とはいえ、このような事情はわたしたちがみずから招いたことでもあった。

代表は演出家出身で、学校の先輩でもあり、わたしたちと一緒に演劇同人を組織し、とうに信用を失った両親からどうにかお金を出してもらい、ビルの地下に苦労して小劇場を作った。似たり寄ったりの劇団と小劇場が立ち並ぶこの場所では観客は常に限られている。賃貸料は日ごとに上がっていく。開幕すれば最初の週の一日二日ほどは客が入るけれども、すぐに減りはじめて、五日も経たないうちに十人入るのもやっとになる。あとは身を削っての公演だ。文化当局の支援があるにはあるが、たいていは小劇場の貸館料に充てられて、建物の主人が得するだけのこと。わたしたちは毎週各界の主要な人びとの名簿を前に、どうか正会員になってくださいと、とひたすらお願いするメールを送ったりもした。

「前借りさせてください」

わたしはただ無感情な声で言った。

「なに……？　前借り？」

代表はあきれたというふうに天を仰いで笑った。

「前借りだなんて、なんだか会社みたいだな。とにかく、公演をやってみないとどのくらい入ってくるかも見当がつかないじゃないか。いくら要るんだ？」

「五十万ウォンほどです」

わたしはたまった家賃の一部でも払わないことには、今月をやり過ごすことはできないだろうと思っていた。代表が財布を取り出して開いた。

「予算は少しあるけど……いまは一銭でも惜しいんだ。ああ、三十万ウォンあるな」

わたしは代表が仕方なく差し出した五万ウォン紙幣六枚を彼の気が変わる前にひったくるように受け取った。踵を返して出ていこうとするわたしの背中に向かって代表が叫んだ。

「明日午後一時までに来てくれ。インタビューがあるから」

最終リハーサルは夜七時からだ。明日からは食費が出るだろう。

「記者にリハーサル時間に来て取材するよう言ってください」

今回が三度目の演出だ。前回を最後にやめてしまうつもりだった。

わたしの名前はチョン・ウヒ、もう二十九になってしまった。芸術大学を卒業した駆け出しの劇作家兼演出家だ。途中、ちゃんと食べていける生活をしようと、演劇を諦めて就職した。

履歴書を数十か所に送り、面接を受けては落ちる、を繰り返したすえに、どうにか小さな出版社に入って二年ほど働いた。景気のいい出版社はベストセラーを出し、ビルも大きくなり、社員のボーナスもたっぷりくれるというのに、うちの出版社の社長はとにかく元手がなかったせいか、人気があるという翻訳モノの一つも買い付けることができなかった。著作権料を支払う心配のないカビの生えたような古典や怪しげなエッセイなどをつぎはぎして、それらしいタイトルをつけて出版していた。

わたしは校正と脚色、翻案を主とする編集の仕事から、広報、著者の相手まで一人で何役もこなした。社員といっても、わたしのほかに社長とその後輩と短大を出たばかりの新人の女性社員しかいない。常に人手不足。締め切りを守るためにいつも残業だった。残業手当なんか出ない。社内の家庭的な雰囲気を壊さないように、残業手当もないまま簡単な夜食で満足しなければならなかった。そんな状態でも二年間耐えたのは、これといった解決策がなかったからだ。家賃と光熱費を払ってしまえば、あとは食べていくだけで精一杯。家と出版社を時計の振り子のようにただ行ったり来たり。お金を使う暇すらなかった。目も飛び出さんばかりに必死でモニターを見つめて他人の文章ばかりを修正し、脚色する作業をしているうちに無駄な歳月を送っているような空虚さに襲われて、そのたびに非常階段の踊り場に出たものだ。そこにうずくまって煙草をたてつづけに二本も吸うと少しは落ち着くようだった。

そんなある日、著者に会いに行った大学路(テハンノ)のカフェで演劇科の先輩に偶然会った。先輩は、ちょうどおまえを探していたところだったと言い、作品を一つ書いてくれないか、と声をかけた。わたしもなにか適当な口実でもあれば出版社をやめてやろうと思っていたところだったから、ふたたびぬかるみのような演劇の世界にみずから身を投じる羽目になったのだった。大学を卒業してからは劇団で裏方や端役として這いずりまわるばかりで、まったく展望が見えず、二度と演劇などするものかと決心して去った場所だった。ところが、舞い戻ってきて、以前に書きかけて投げ出した台本に手を入れて、どうにか公演に間に合わせたものが、その年の秋の演劇祭に参加することになり、うっかり新人賞をもらってしまった。そういうわけで、もはややめるわけにもいかなくなり、とにかくこの小劇場の猫の額ほどの舞台で踏んばって生きていくほかなかった。

わたしには母と姉がいる。大学に通っていたとき、教職にあった父が亡くなった。姉はすでに卒業していたが、わたしは叔父の援助のおかげでどうにか大学を終えた。実は、芸術大学の演劇科に入学するときにも、ほかの学科を選ぶか、さもなくば家から通うことのできる地方の大学に進学するのでなければ学費は出さないという父の頑強な反対の中、母が味方になってくれてなんとか学校に通うことができたのだった。叔父が最後の二学期の学費の援助をしてくれたのも卒業したら演劇などしないで就職すると約束したからだ。そういうわけで、とにもかくにも独立しなければなにもできないということを早くから悟っていた。姉も教員採用試験の準備に数年を費やし、どうにか地方の中学教師になり、さまざまな副業だけでなく家政婦までしていた母は、いまようやく姉と二人、小都市で静かな生活を送りはじめていた。だから、なにがあってもわたしからはできるだけ連絡をしないこと。それが彼女たちの平和な日常を守ることになるはずだ。

　五千ウォンのTシャツ二枚と一万ウォンのジーンズが一本あれば、春から秋までは過ごすことができるし、食費と交通費以外には特にお金を使うこともない。大都市で暮らしていると結局はいつでも問題なのは家賃なのだ。考試院（コシウォン）（浪人生用の安下宿）を転々としながら出版社に勤めていた頃に少しお金を貯めて賃貸契約に必要な保証金を作り、家賃を払える集合住宅の半地下部屋を借りた。首都圏のはずれの下宿を転々とするあいだに、わたしは自分と似たような同世代の者たちに数多く出会った。彼らは密林の猛獣たちのはざまで精一杯体を縮めて、顔色を窺うことだけに長けてしまった小さな哺乳類のようだった。

　わたしは小劇場から出ると、カフェと飲み屋と食堂が並ぶ通りをまっすぐに歩いていった。退勤時間をとうに過ぎたバスには空席が目立つ。座るとすぐに窓ガラスに頭をつけてうとうとした。グルルルルと腹から胸へと小川の流れる音がせりあがってくるたびに驚いて、目を覚ましてはまたうとうとした。わたしの部屋がある都市のはずれに新しく建てられたアパート団地まで行くには、道が混む時間帯なら一時間以上、いまの時間帯なら四十分ちょっとかかる。とはいえ、わたしはいま安息の場に帰ろうとしているのではない。

特に意識していなくても目的地の一つ手前の停留所で自然に目が覚めた。バスから降りると、交差点の角にアルバイト先が見える。わたしは信号が変わるのを待ちながら、道の向こう側の二十四時間営業のコンビニの明かりを眺めた。わたしは信号が変わると駆け出して、荒い息を吐きながらガラス扉を押して入った。少しわざとらしかった。店主のおじさんは無言でわたしを睨みつける。わたしは素早くコンビニのエプロンをつけてことさらに慌てた様子で言った。

「すみません。そのかわり明日の朝は上がりの時間を一時間遅らせますから」

「交替時間は守ってくれないとね。今日も演劇してきたのかい？」

「明日が総練習なんです。あさってから公演です」

「それじゃ食ってはいけないとわかっていながら、いったい何のためにやってるんだか」

おじさんは帰る支度をしながら言った。

「搬入された商品はそのままにしてあるから、ウヒさんが片づけてくださいよ。それじゃ、明日は九時までだよ」

おじさんが帰った。彼は明日の朝またやってきてわたしと交替する。昼間はおじさんの食事や休憩のために、奥さんが一、二時間ごとに替わって入る。夫婦が寝ているあいだはアルバイトが寝ずの番をするというわけだ。夜十時から朝八時までの十時間勤務だった。夜間アルバイトはわたしのほかにも週末だけ出てくる男子学生がもう一人いるが、それにしたってわたしは週五日勤務だ。一銭でも多く稼ぎたければコンビニのアルバイトなどするものではない。バイトもいろいろやってみたが、時給が一番安く、ひとりの時間の過ごし方がわからない人には絶望的に退屈だ。その人次第ではあるが、深夜に勉強をしたり本を読んだりするなら、それこそ有用な時間になるだろう。

深夜零時を過ぎると、いくら中心街とはいえ客足はまばらになる。わたしはこの仕事をすることで生活のリズムがむしろ安定した。それ以前はカフェ、食堂、ピザ屋、ハンバーガーショップ、海苔巻き屋、デパートの駐車場など、本当にありとあらゆる仕事をした。そうこうするうちに、コンビニの深夜勤務は、わたしのような者には、睡眠時間を少し減らせば日中の時間をほかのことに使えるというメリットがあることがわかった。演劇の仕事はアルバイトよりも実入りが少ないけれど、夢が与えてくれる癒しをアルバイトとどうして比べることができようか。

夜九時に乳製品とスナックが入ってくる。交替してすぐにわたしがすることは、おじさんが受け取っておいた商品を棚に並べることだ。だからこの時間に夕食を食べる。夜八時を過ぎると、とにかくおにぎりとサンドイッチを廃棄処分しなければならない。そして深夜に商品が入ってくる前に、棚に並んでいた弁当を先に片づける。わたしはおじさんが片づけていなかったおにぎりと弁当を棚から降ろしてレジの下に積んでおく。新しい商品を空いたところに並べていく。牛乳やジュース、菓子などは、新しいものを一番下か、一番後ろに置いて、先に入荷していた商品を前に出す。飲食物は賞味期限を厳格に守らなければならない。バーコード処理をして廃棄するものは指定のごみ袋に入れて、乳製品や飲料水、スナックのようなものは返品処理をするために別に分けて売り場の倉庫に保管する。

今日は何を食べようか。2プラス1商品（飲み物など特定の商品を二つ買うと、おまけにもう一つついてくる商品）の中に飲み物をセットにして売っているものがいくつかあるので、わたしは飲み物から選んだ。客が商品だけ持っていき、サービスの飲み物は置いていったものだ。バナナ牛乳、イチゴ牛乳、チョコ牛乳、麦茶などの中からトウモロコシのヒゲ茶を選んだ。今日は特にお腹がすいているから、ソーセージやとんかつや練り物とかがふんだんに入った七種の総菜弁当を食べよう。弁当を電子レンジにかける。今日はじめての食事になる夕食を夜十時過ぎに食べる。おにぎりの中からツナの唐辛子味噌炒めとキムチ炒めが入ったものを四つ、ビニール袋に入れて冷蔵庫に入れた。これは明日の朝、家に帰ってから食べるつもりだ。こんな食事が体によくないことはわかっているけれど、生活費を削るにはほかに方法がない。時給は安いが、こういう点がコンビニバイトの利点ともいえる。

空腹だったので一気にかきこんで食べると、すぐに睡魔が襲ってくる。最近はわたしと似たような生き疲れた若者たちが深夜に刃物を持って押し入ってくるという。ここは中規模のコンビニなのでATMや防犯カメラが設置されていない。おじさんがその代わりに、カウンターの下のボタンを押すとライトが点滅し、けたたましく非常警告音が鳴るようにして、何度かテストもしてみた。車に装着するものと同じだという。煙草や酒、飲料水、スナックやカップ麺などの夜食を買う客がぱらぱらとやってくる。二時を過ぎるとぱたりと客足が途絶える。二時から三時のあいだに商品を配達する車が町を走る。時間はいつも同じだ。三時近くになってこのコンビニに到着する。

わたしはおじさんがパソコンに入力しておいてくれた請求品目を確認する。カウンターの前に座ってうとうとしたり起きたりしていると配達の車が到着し、新しい商品が納品され、飲料水、酒、菓子、弁当などを棚の決まった場所に並べていく。それが終われば掃除の時間だ。床を掃き、モップをかけ、入口の左右にあるスチールのイスとテーブルを水拭きする。ごみはまとめて道路脇のごみ置き場に出しておく。早朝四時にごみ収集車が来る。ごみ収集車が行ってしまうと、一時間半ほどまたうとうとできる。こんなふうに働きながら合間合間にうとうとする時間が幸せだと思うこともあるが、とにかくどこでもいいから体を伸ばして横になりたいと思う日もある。今日がそんな日だった。一日がこうして過ぎていく。

過ぎていった時間を考えてみれば、いつも特に思い出すこともなく、ただぼんやりとしている。まったく、いったい、どうしてこんなふうに年を取ってしまったのだろうか。有名な劇作家や演出家になれば、そのときにはちょっとはましな暮らしができるのだろうか。先輩たちを見ていても、これといってよくなっているようでもないし、漠然としているのは似たようなものだ。結婚は……ときどき想像することもあるけれど、わたしが一人の男の妻になるということは、いつかわたしもペットを飼いたいという小さな夢がなかなか叶わないのと同じくらい不可能なことのように思われる。きりもなく愛着し、神経を遣って、心配して、世話をしなければならず、思いやって、そばにいることが必要で、憎らしくなったり面倒がったりしながらもまたかわいがり、撫でてやり、そしてもう捨てることもできなくなって、離れられなくなる。そうやって犬や猫と暮らす同世代の友人たちを見るといらいらした。友人が休暇に出かけるときに十日間預かった白いマルチーズはかわいくはあったが、主人に対する執着と顔色を窺う態度にはぞっとした。わたしはそんなことはしない、絶対にしない。男なんて、いまとなっては鬱陶しい。

わたしに思い出と言えるほどの恋愛事件などあっただろうか。思い出と言えるかどうかはわからないが、一人二人が通り過ぎはした。最初に出会ったのは大学の同期で、美術系だった。二人ともまだ分別がなかったが、あの男はわたしよりもっと酷かった。ヤツは学校の前のワンルームで独り暮らしをしていて、四年生のときに行き場のなくなったわたしが、その部屋に転がり込んだ。父が亡くなり、叔父がどうにか学費だけは援助してくれた頃のことだった。しばらくするとヤツはしきりに結婚しようと言い出した。ヤツの実家は地方では中産階級ぐらいだったようで、金持ちというほどではなかった。どういうつもりか知らないが、とにかく親に挨拶に行こうとしつこかった。わたしがみずから娘を持つ父親の立場になって尋ねた。将来どうやって生きてゆくつもりか？　はい、いい絵だけを見て生きていたいです。ハハハ、わたしは文字どおり天を仰いで笑った。職業は？　芸術をやっているので自由業というところでしょうか。この社会で芸術が職業になるとでも？　このバカモノ！　家はどうする？　いまワンルームに住んでいますが、二人以上になって住みにくくなったら引っ越すつもりです。僕は屋上部屋（屋上に作られたプレハブ小屋のような簡易な部屋）がいいんですが。屋上部屋で私の娘と孫を連れて暮らすだと？　二度とうちの娘に会うな、とっとと失せろ、そうどやしつけた。卒業してわたしは劇団に入り、ヤツはわたしよりは家に余裕があったので大学院に進学した。少し前にばったり道で会ったが、ある画廊のキュレーターをしているとかなんとか。冴えないことでは演劇界も美術界も似たり寄ったりだ。ヤツとわたしの関係は恋愛というよりは、まるでゲームか遊びのようなものだった。

そして出版社の頃に二人目の男に出会った。彼は記者で、わたしより三つ四つ年上だった。

彼がしっかりしていたのか、そうでなければ親の援助があったのか、七十平米ほどのマンションも購入していた。彼が殺人事件や政治家の不正などを暴く正義感にあふれるジャーナリストだったらと望んだわけではない。よい大学も出ていたし、それこそネクタイを締めてきちんとした職場に出勤するまともなサラリーマンだった。いつか待ち合わせの時間に一時間半も遅れて現れたことがあったが、もちろん待っているあいだも十分おきくらいに携帯にメッセージが送られてもきたが、どこから来たのかと聞くと、離婚直前の女優の家の張り込みの現場からそのまま来たというのだった。彼は女優の夫について話し、それからまた彼女の新しい恋人についても話した。それが彼の仕事だった。そんな話をしながらも、彼はサミュエル・ベケットやベルトルト・ブレヒトのことを話し、演劇についてさも詳しいかのように振舞った。そうしてまた賭博容疑で窮地に追い込まれている歌手をつかまえようと、行きつけの店を探しまわっていた。彼はそんなふうにしていくつかのスクープを取った。わたしは彼がいやになった。彼との約束を何度かすっぽかし、彼からは電話でさんざん嫌味を言われたあげくに連絡が途絶えた。わたしは彼の電話番号を削除した。

そのあとに黒シャツに出会った。彼の名前はキム・ミヌ。わたしより三つ年上で、わたしとよく似た境遇だったけれど、わたしとは違っていた。彼は条件が悪くなるほど生きることに熾烈に立ち向かうかのようだった。いつでも飛び出せる構えで、銃の手入れも、実弾の装塡もすべて終えた兵士のように、遥か彼方へと伸びる射線を見すえているかのようだった。

3

私の父は激変の時代だった六十年代に役場の書記の職を追われた。無許可の建物を建てた者から賄賂を受け取ったということだったが、私たちの家族にどれほどの利益があったのかはわからない。ただ、当時の状況から推して考えるに、おそらく煙草一カートンほどだっただろう。ろくに教育も受けられず、独学で学んだに過ぎない父には、そこまでが限界だったようだ。父は霊山のあのみすぼらしい家を売り、母の実家から贈られた農地千坪も売り払い、家族を連れてソウルへ向かった。父は霊山を出る前に二度ほど大邱(テグ)とソウルに足を運んでいた。

私たちは東大門(トンデムン)[*7]の外にあるサンドンネで荷を解いた。セメントのブロックを積んで作られた二間の家を月払いで借りた。中庭はなく、台所の前のドアを開けるとすぐ目の前が道路だった。二つの部屋の窓もすべて道路に面していて、家の奥の壁は裏の家の壁でもあった。台所の戸の脇には両親用と私と弟用の鍵が二本ずつ、二組掛かっていた。一つは入口、一つは便所の鍵だ。道端に隣家と共用の便所があった。便所に行くには壁に掛けてある鍵を持って外に出なければならなかった。便所で用を足しているときに外を人が通れば、その人の息遣いがそのまま板戸の隙間から聞こえてくるほどだった。まだ幼かったが、便所の出入りで通行人と出くわすたびに恥ずかしい思いをしたものだ。ましてや、大人は、とりわけ母はどれほど気まずい思いをしただろうか。

　ソウルに出ていくにあたって父の唯一の頼みの綱だった同郷の先輩が、区庁の前で代書屋をやっていた。先輩も父のように以前は田舎の下っ端の公務員だった。父は代書屋で先輩の助手として働いた。そのようにして稼いだ金では、せいぜい自分の飲み代と家族の食い扶持をまかなうのがやっとだった。

　母はソウルにやってきてからようやく、並外れた生活力を発揮しはじめた。東大門市場に出入りし、どうやって警備の者たちを丸めこんだのか、通路の真ん中に陣取って露天商をはじめた。メリヤスや靴下、下着類などを仕入れて売った。高校一年生のときにわが家の状況はふたたび悪化した。父が脳卒中で倒れたのだ。回復はしたものの、亡くなるまで左足を満足に使うことはできなかった。とはいえ、父のことを除けば暮らし向きはその頃には一息つけるようになっていた。

　東大門付近のサンドンネを去り、私たちが移り住んだタルゴル[*8]は前にもまして貧しいところだった。中浪(チュンナン)川と清渓(チョンゲ)川の川べりの住みかを追われて来た人びとと、道を挟んで向こう側のサンドンネが飽和状態となったので集まってきた人びととで、町全体がまだ落ち着いていなかった。共同水道が路地の脇の比較的広い空き地にあった。便所のない家も多く、大通り側に公衆便所が一つ二つずつある。わが家は部屋が二間、縁側に沿って細長くて狭い中庭があり、ブロック塀越しに下の家の屋根と眼下に広がる町、さらに遠く繁華街まで見渡すことのできる実に立地のよい家だった。それだけでなく、なによりも家の中に便所があった。小高い場所だったので、水道は私が高校を卒業する頃にようやく通った。ガラス戸のかわりに板戸のついたみすぼらしい家ではあったが、母が一大決心をして、借金までして手に入れたチョンセ[*9]契約の借家だった。

母は大通りからタルゴルの入口へと形成されたタルゴル市場に露店を出す権利を得た。下着類はこのような市場では大した儲けにならないことも母は知った。むしろ食べ物屋の方がまだましで、なかでも人びとが敬遠する魚屋の仕事が儲かると言った。最初は東大門の水産市場から卸売価格で海産物を仕入れて売った。それでもせいぜい鯖、サンマ、太刀魚、タラくらいのもので、数箱仕入れては狭い露台に並べて、客が来ればさばいてやった。家族がまだ深い眠りについている夜明けに、母は仕入れのためにもう起き出していた。市場が活気づいてくると、商店主たちがお金を出し合って専用貨物トラックを使うようになった。以来、商品も多くなり、苦労は減った。その頃から父も母を本格的に手伝うようになっていた。

それまでの生涯でペンしか持ったことのない父が、不自由になってしまった体で母の魚屋の商売の役に立つとは誰も思っていなかった。ところが、その父が売れ残りの魚で練り物を揚げて売ったのだ。通りの向こうの豆腐屋で毎日出るおからをもらい、すりつぶした魚肉とでんぷんを混ぜて作った練り物は、小麦粉を混ぜた練り物より香ばしく栄養価も高かった。あの一帯のサンドンネの住人でわが家の練り物を食べたことがない者はいないほどだった。父は父なりに研究をして、いろいろな種類のおいしい練り物を開発したので、材料が底をついて早くに店を閉める日も多かった。魚屋から自然と練り物屋に転業したのだった。とにかく父と母はその後十年あまりの間に、タルゴル市場で一財産を築き上げた。借家を自分たちの家にし、立派な店舗も買い、私たち兄弟を大学までやった。とはいっても、中産階級の町の家一軒の値段にもならない財産を築いたに過ぎなかったが。

大学に入ってもなお両親の脛をかじっていたわけではない。私はソウルに来てからというもの、ひたすら勉強した。それ以外にこれといってすることがなかったからというのもあったが、なんとかしてこんなところから脱け出してやると固く決心していた。幸い一流大学に入学した私は、同級生数人と家庭教師をするうちに、住み込みの家庭教師の仕事を得て家を出ることができた。軍隊に行ってきてからも家には戻らず、その後留学したので、私が家族の一員だったのは高校の頃までだったということになる。

私がチェミョン兄さんと出会ったのはいつだっただろう。タルゴルに越してきてから数か月にもならない、高校一年生の夏休みの頃だったはずだ。三叉路になっている大通りから坂道を上がってきたところが私たちの町だった。町の中央通りの入口に市場があり、その道に沿って両側に数多の路地がのびていた。路地だけではなく、ところどころ二車線の舗装道路が走る四つ角もあった。そのあたりはかなり広かった。共同水道や共同便所に小さな雑貨屋もあった。三番目の四つ角の、右側の路地を入ったところがわが家だった。その四つ角の下側にも左右に狭い路地があったが、チェミョン兄さんの家はその道の一番奥にあった。奥の家とはいっても行き止まりではなく、その先には上にあがっていく別の狭い坂道があり、山から採ってきた石で作った階段がつづいていた。私はチェミョン兄さん一家を知るまでは、その路地に入ることはなかった。普段は市場で両親の仕事の手伝いを終えると、中央通りを上がっていって共同水道と共同便所の前を通り、角の煙草屋を過ぎて、わが家のある路地へと曲がるのだった。

夕暮れ時に市場に行こうとぶらぶらと下りていくと、下の路地の入口に汚れてみすぼらしいなりをした子どもたちが四、五人必ずたむろしていた。そのうちの何人かは煙草を吸っていることもあった。その子らのそばを通り過ぎるとき、どういうわけか後ろ髪をひかれるようで、なんとなく振り返ってみたこともある。煙草を吸っていた子が「見てんじゃねえよ、ボケ」と言ってきたこともあるし、あるときには誰かが私の学生帽を奪い取っていった。

「帽子、返してください」

「おまえ、金持ってんのか」

「帽子を返せよ」

「ふん、こいつ、睨んでるぜ」

路地の奥の暗闇の中から甲高い声で「おい、帽子返してやれよ」と言いながら出てきたヤツがいた。それは彼らの言葉で言うなら「ちんちくりん」だった。私が見おろすほどに小さくて、豆タンクみたいなヤツだった。そいつが帽子を取りあげ、私に差し出して言った。「いつか俺とタイマン張ろうぜ」。私はなにも言わずに帽子を受け取り、背を向けた。そいつがチェミョン兄さんのすぐ下の弟、チェッカニだった。名前はチェグンだったが、兄弟の末っ子でもあり、背も低かったので湖南（ホナム）（全羅道）方言で「チェッカニ」（チビ）というあだ名がつけられていた。彼らはみなチェミョン兄さんの下で靴磨きをしている子どもたちで、その数は十人を超えていた。

夏の夕暮れどきのサンドンネは町中の人びとがみな道端に出る。大人たちは大人たちで数名ずつ集まり、酒を賭けて将棋を指し、女たちは路地の前で胡坐をかいて車座になって賑やかに笑いながら井戸端会議に興じ、子どもたちは「ババ抜き」や「むくげの花が咲きました（だるまさんが転んだ）」や鬼ごっこをして騒がしかった。私のような中途半端な十代の子どもたちは群れをなしてサンドンネを下りていったり、頂上に登って気晴らしをした。わが家から丘の上までは近かった。中央通りの突き当たりの道を右に折れて、人も通わぬ小道を上がっていくと、伐られずに残っている数本の木と草が茂る頂上に出る。上から見おろすと向こうにほかのサンドンネが見えた。峠の向こうの繁華街の赤い光が空の彼方まで照らしていた。頂上には岩がいくつかあり、北漢山（プッカンサン）が見えた。空中に点々と家々の窓から漏れ出る明かりがきらめいていた。頂上には岩がいくつかあり、岩を囲んで空き地が広がっていた。

ある日のことだった。そこに子どもたちが集まり、なかには大人も何人かいたのだが、ちょうど片足相撲でもしていたのか、応援と檄を飛ばす声で大騒ぎになっていた。私は岩に腰かけて彼らの遊びを見物することにした。どこから手に入れたのか、二人の少年がボクシングのグローブをはめて、一戦交えているところだった。

「そうだ！　屈（かが）め、入るんだ、離れろ、おい、腕をしっかり伸ばせ、ジャブ、ジャブ、アッパー！　いいぞ！」

一人の子が大きな一発を喰らって倒れると、審判兼コーチをしていた青年が試合を中断させた。

「おい、おまえ、こっち来いよ」

いましがた勝った方の少年が私に言った。数日前に路地で私にタイマン張ろうと言っていたヤツだ。青年が私に向かって言った。

「ああ、おまえが上の路地に越してきた学生か？　ひとつやってみるか？」

私は気が進まなかったが、尻尾を巻いて逃げるのも癪だったので、仕方なく彼らの方に下りていった。青年の私に対する親しげな素振りはそう悪い気がしなかったのだ。私は元来血の気の多い方ではなかったが、田舎から東大門のはずれのサンドンネに移り住んでからというもの、中学校でいろいろなヤツらに苦しめられた。当時国民学校だけでも一学年二十クラスが普通で、午前、午後の二部制だった。中学校はそれよりは少なかったが十クラス以上はあり、一クラスが七、八十人以上だった。私は田舎者扱いされているうちに早々に学んだことがあった。誰かがからかったり、押さえつけようとしてきたら、絶対に引いてはいけないということだ。手に負えそうになくても、むしろ相手が諦めるまで毎日挑んでいかなければならない。誰も倒れる者に同情したりしない。今日負けたら明日は通学路で、あさっては相手の家の前で待ち伏せて、向こうがもうやめようと言うまで挑みつづけるのだ。そいつが、もうやめようとか、悪かったとか言うまではやめてはいけないのだ。家に帰っても、父も母も私が唇を切ろうが鼻が曲がっていようが気にも留めない。幼い弟の面倒を見ることはあっても、私が甘えることのできる相手はいなかった。だから私は後へ引くことなく、チェッカニの挑戦を受け入れた。引けばこの先この町での暮らしがどれほど面倒なものになるか、わかっていたからだった。

すでに一度勝利を味わっているチェッカニが、グローブをはめた両拳を音を立ててぶつけてみせて格好をつけている。私は素直に両手を差し出し、青年がグローブをつけた。生まれてはじめてグローブをはめ、へっぴり腰で立っていると、青年が二人の背中を叩いた。はじめ！という声と同時に目の前がチカチカした。後になってわかったことだったが、ストレートジャブだった。私もタイマンを張ったことが何度もある。だから、頭を下げ、両拳を上げて動きはじめた。私がパンチをくりだすと、右に左に相手は実にうまくよけ、その一方でジャブを入れてくる。数発さらに喰らった。苛立ったら負けだ、と心の中で呟きながら唇をぐっと嚙み締めた。知らぬ間にまともに喰らってふらつき、鼻血が流れた。さらに入ってこようとするのを、重心を下げて深く潜りこみ、上に向かって拳を突き上げた。グローブにずっしりとした感触が伝わってきた。ヤツは後ろにばったりひっくり返った。しかし、すぐに起き上がり、数回その場でステップを踏んでから近づいてきた。

「おい、もうそこまでだ」

青年が私たちを引き離した。そのあいだにも鼻血が流れつづけ、ランニングシャツの前を赤く染めていた。ずいぶん血が出ているな。と、呟いて、青年が首にかけていたタオルで私の顔を拭いてくれた。酸っぱい汗のにおいが鼻を突いた。

「まだ一ラウンドなのに、なんで止めるんだ」

チェッカニが不満そうに言うと青年が答えた。

「バカ野郎、これは引き分けだ。おまえはダウンしたし、こいつは怪我してる」

チェッカニも私が鼻血を出したのでいちおう体面を保つことができたと判断したのか、それ以上は何も言わずにグローブを外した。青年が言った。

「家に帰ったら、運動していて鼻血が出たって言いな。それはそうとボクシングやったことあるのか？」

私ははじめてだと答えた。

「アッパーがなかなかのもんだけどな。素質あるよ。おまえ、名前なんていうんだ？」

「パク・ミヌです」

「俺はチェミョンだ。兄貴って呼びな。おい、チェグン、こいつの名前はミヌだってよ。ミヌと握手しな」

私たちはぎこちなく握手をした。

私はチェミョン兄さんの采配に深く感銘を受けた。二人のプライドを傷つけることなく、それでいて私をさりげなく同じ町の子として受け入れたからだ。

高校二年まで私はチェミョン兄さんとその兄弟たちとばかり、いつも一緒に遊んでいた。チェミョン兄さんは当時二十歳ぐらいで、兄弟の二番目だった。一番上のチェソプ兄さんが長男で、年は二十二ぐらいだった。チェソプ兄さんは数か月に一度サンドンネの家にやってきて、十日からひと月ぐらいいてはまた消えた。私より一つ年上のチェグンは三番目だった。男兄弟の中ではチェッカニが末っ子だが、本当の末っ子は一人娘のミョスンだ。ミョスンは私より二つ三つ年下だった。

彼らの家には父親がいなかった。となれば、一家の家長の役割はチェミョン兄さんが担うことになる。家事全般は母親とミョスンだ。チェミョン兄さんは三叉路を過ぎたところの現代劇場の前と焼肉屋マンソク会館の裏道、そして喫茶ふるさとの前で靴磨き場を管理していた。彼ら兄弟はみな、国民学校を数年通っただけでやめている。小三、小四、小五中退だとチェッカニが誇らしげに言った。小五中退は誰だと聞くと、やはり頭のよいチェミョン兄さんが一番長く通ったという。農夫だったという彼らの父親は全羅道からソウルにやってきてすぐに亡くなったのだが、生きていたとしても兄弟全員を学校にやるだけの力はなかっただろうと言った。

私は夏休みの間ずっと、一週間に二、三回、夕方になると町の裏山の頂上に上がっていった。チェミョン兄さんからボクシングを習ってみようと思ったのだ。片足を斜め前に踏み出して、両足をクロスさせて重心を変える。頭を下げて両拳と肘であごと顔、そしてわき腹と腹を防御しながら交互に拳を繰り出す。アッパー、フック、ストレート等々、チェミョン兄さんから教わった。ボクシングジムではないのでサンドバッグなどはなかったが、縄跳びとその場駆け足などで肺活量と瞬発力と腰の力をつける訓練をした。

チェミョン兄さんは国民学校をやめると、鍾路(チョンノ)のとある靴磨き場に入り、靴を集める係から、磨き係、仕上げ係と昇りつめ、「自分を守るために」運動をはじめた。兄さんは実際に喧嘩をやってみると、習ったとおりにやるのがよいというわけではないということに気づき、多様な技術を磨くために合気道場に半年、柔道場に三、四か月、そしてボクシングジムに一年ほど通った。そのおかげで、いざ喧嘩というときには、その都度異なる相手の喧嘩の癖がひと目でわかるようになった。武術の有段者であっても、大小とりまぜ数十戦を戦ってきた経験豊富な喧嘩屋にはかなわない、とチェミョン兄さんはいつも言っていた。ボクシングジムの会長がチェミョン兄さんのボクシングの素質を見抜き、選手としてデビューさせようと猛練習をさせた時期もあった。

「なのにどうしてやめたんですか?」

私が尋ねると、チェミョン兄さんはにやりと笑って言った。

「[*10]ソプソプ兄貴がそのときムショに入ったんだよ。家族を誰が食わせていくんだ?」

ソプソプ兄さんとは長男チェソプのあだ名だ。それで私はチェソプ兄さんが前科者であることを知った。チェソプ兄さんは泥棒だった。彼は数か月ぶりに家に帰ると、兄弟だけが寝ている狭い部屋にレコードプレーヤーやテレビのような盗品を持ち込み、しばらく派手にやっては、それらを売り飛ばすと姿を消した。最近は会社の方がまだ安全で、収入もましだと言って、技術を学んで入社した。学歴があって一般の会社に入ったのではなく、スリの一団を会社と呼ぶのだとチェミョン兄さんが説明してくれた。

「肩の力を抜いて、腕も楽にして、入り込みながらタタンと殴るときに力を入れるんだぞ。それでな、コーチがシビとかなんとか、なにかってえとアグレシビとか言ってたんだが、おまえ、英語勉強してんだからわかるだろ?」

最初は何のことかわからなかったが、彼の発音に近い英単語がアグレッシブで、攻撃的な、積極的ななどの意味を持つ形容詞であることに、じきに気がついた。

はじめてチェッカニに連れられて彼の家に行ったときには、少し驚いた。サンドンネの家々がどこもそうであるように、穴がぼこぼこ空いたブロック塀にセメントを塗った家ではあったが、わが家の倍はあった。道端に建っていて中庭も便所もなかったが、二軒長屋の壁をぶち抜いて一軒になっていて、ずいぶんとすっきりとして見えた。大きな部屋が一つに小さな部屋が二つ、あいだに広い板の間もあった。板の間の向こうの大きな部屋では靴磨きの子どもたちが十人以上寝起きし、母親とミョスンが台所の隣の部屋を使い、小さな部屋でチェミョン兄さんとチェッカニが寝起きしていた。板の間の裏手は裏の家の石垣で、軒が覆いかぶさっていて薄暗かったが、大きな水がめが置いてあった。子どもたちが順番に当番になって、共同水道から汲んできた水をその水がめに溜めて、顔を洗い、手足を洗った。

食事の時間になると、板の間に板を組み立てて作った長細い食卓が置かれ、チェミョン兄さんが座るとその両側を子どもたちが取り囲むように座った。私はチェミョン兄さんの向かいに座り、チェッカニは兄さんの隣に座った。母親が台所で大きな釜で煮たすいとんを一杯ずつよそってやると、ミョスンが食卓に順に運んだ。母親とミョスンが食卓の端に座ると食事のはじまりだった。すいとんは、ゆるく溶いた小麦粉をしゃもじですくい、そこに寝かせた箸をあてでぽとぽと鍋に落として作ったもので、食べるうちにどろどろしたすいとんがじきに汁を吸って膨れて、小麦粉の粥を食べているようになる。小麦粉の質が悪かったのか、色が黄色く、汁もいりこ出汁ではなく、水に醤油を垂らしてカボチャなどを申し訳程度に刻んで入れた、かろうじてすいとんと呼べるような代物だった。ところがチェミョン兄さんの前にだけ真っ白な飯が茶碗に盛られていた。母親もミョスンもチェッカニでさえもすいとんだったのに、チェミョン兄さんだけは白い米の飯だった。おかずは、まともに塩漬けされてもいない白菜の青い外葉に唐辛子粉を適当にまぶした、ただ辛いだけの浅漬けキムチがすべてだった。チェミョン兄さんが匙を手に、いかにも決めかねている風情で私に茶碗を差し出しながら言った。

「今日はおまえが客だから、おれのと換えて食うか？」

言い終わるが早いか、子どもたちの鋭い視線がいっせいに私に刺さった。私はそれこそ髪の毛が逆立つような思いがした。

「いえ、僕、すいとんが好きなんです」

私が答えるとチェミョン兄さんが匙で飯をすくって食べ、ようやく皆の視線がそれぞれのすいとんの器に戻った。白米はひとえに家族の生計を担っている家長にのみその厳粛な権利があったのだ。私はいまでもその場面を忘れることができない。

店で練り物を揚げていて、破裂したり端が欠けたりしたものがあると、父はトングでつまみあげて作業台の隅にまとめて置いた。父が練り物の生地を作っておくと、店で働く二人の女性が油の入った大鍋の横の作業台で適当な量の生地を四角い型で抜いて、形を整えて油の中にそっと入れていくのだが、その動作はてきぱきとして機械的だった。火が通り、油の上に浮いてくる茶色い練り物は、父がすくい取る。商品価値があるものは左側に、破裂したものは右端に放る。傍らで母が個数を数えてきちんと包んだり、注文量に合わせて箱詰めする。同時に一人一人の客の相手もする。油の鍋から揚がってくる練り物を冷ますために、大きな扇風機が一日じゅう大きな音を立ててまわっていた。

弟と私は学校から帰ってくると、少し破裂して隅に寄せられているまだ温かい練り物で空腹をなだめた。ある程度腹が満たされると、私たちは油で口元をてらてらさせて互いに指差して笑いあった。母がその日一日集めておいた破裂した練り物を小分けにして包んだものを、普段世話になっていたり、これからうまく付き合っていかなければならない家々を順番にまわって届けるのが弟と私の任務でもあった。わが家や市場の人びとに共同水道の水を汲んできては手間賃をもらうおじいさんの狭い部屋や、清掃員の待機所、防犯警備員詰所などにも配慮しなければならなかった。ときにはチェミョン兄さんの家にも持っていってやったが、その日は靴磨きの子どもたちにとってはまさに祭りのような日になった。私たち兄弟はそのおかげでじきに町での立場もよいものとなった。大人たちの方からどこに行くのか、学校に行ってきたのか、と声をかけてきた。夕食を準備する頃に私たちの兄弟のうちのどちらかが家の前に現れると、その家の女性はおかげで夕食のおかずを作らずにすむと満面の笑みを浮かべ歓迎したものだった。

父は暇なときはあたりの商店主たちが官庁に出す書類を書いてやったり、噂を聞いて訪ねてきた町の人たちの書類を代わりに作成してやったりもした。後になって知ったことだが、町の人びとのわが家の呼び名は「練り物屋」ではなく「学生の家」だった。なによりも私は町で二人しかいない高校生だった。もう一人は女学生だった。製麺所の娘、チャ・スナだ。

当時は米が不足していたのか、政府も小麦粉の食べ物を食べることを推奨していた。学校では昼食時間のたびに弁当の検査があり、白い米のご飯を詰めてきた生徒は掌を叩かれる罰すら受けた。握手印という、アメリカから援助された小麦粉が最初は町会で配給され、そのうち市場に出回りだした。どこの家も昼食はすいとんやククス（うどんに似た食べ物）だったが、とりわけ機械で細く押し出した麵はいくらも嚙まないうちに滑るように喉を通っていく。このような麵は以前から特別な日にだけ食べたので「ごちそう麵」と言われたが、汁に入れても、辛いタレで和えても、家族皆が格別の味だと喜んだ。そのうえ、いりこ出汁に練り物まで刻んで入れたククスは子どもにとっては最高のごちそうだった。私たち兄弟は少し食傷気味ではあったが、練り物は魚肉を揚げたものだったので十分に肉の代わりになった。練り物とククスはサンドンネの人びとがもっとも好む食べ物でもあった。中央通りの三つ目の四つ角の路地を入るとわが家で、その下の二つ目の四つ角の路地を入ればチェミョン兄さんの家、そしてそのすぐ下の共同水道がある最初の四つ角の左側がまさにスナの家である製麵所だった。

私の家が練り物を作って売りはじめて間もない頃だったから、おそらく高校二年生の秋頃だろう。母が半端な練り物を新聞紙にくるみながら製麵所に持っていくように言った。私はわけもなく胸が高鳴った。スナのことはよく知っていたし、登校途中に行き合うこともあった。私たちの町に住んでいる十代の子どもたちで彼女を知らないのは、越してきたばかりか、少しばかり鈍いやつだけだっただろう。しかも彼女はサンドンネの人びとが水を汲みに集まる共同水道の目の前にある製麵所の娘ではないか。毎朝、白い襟にきちんとアイロンをかけた制服におさげ髪の女学生が、タルゴル市場の大通りを通ってバス停まで下りていく姿は、まるで掃き溜めに鶴のように見えた。なによりも彼女は遠くから見てもひと目でわかる美人だった。つんと高い鼻、大きな目、色白の顔。その表情はいつも冷ややかに見えた。笑顔が美しいということだったが、実は女性がつんとして冷たそうで近寄りがたい印象を漂わせていると、男たちはさらに胸を焦がすものなのだ。それはチェッカニの評であり、チェミョン兄さんの見解であり、私もほぼ同感だった。私たちは互いに表には出さなかったが、皆スナのことが好きだったのだ。

練り物の包みを持ち、少し興奮していそいそと共同水道の方へ上がってゆく、その足どりがだんだんと重くなっていった。私はなぜか新聞紙に包んだ練り物が恥ずかしくなりだしたのだ。新聞紙に広がる油じみを水道場にいる人に見られているような気もした。

「こんな練り物の切れっぱしを持って行けってか」。私は劣等感にまみれてつぶやいた。とにかく店の前に着いた。「ククス」という四角い看板がかかっていて、ガラスのはまった格子戸には「麵売ります」と丁寧な文字で書かれた紙が貼ってある。おそらくその文字も彼女の手によるものに違いないと私は思った。

ガラス戸を開けると二間をぶち抜いて製麵機が置かれていた。皮のベルトで連結されたローラーがまわっている。大通り側の中庭に置かれた塀ほどの高さの乾燥台の上には、いつも麵が洗濯物のように広げられていた。共同水道の前を通り過ぎるときに、その家の者が麵を抱えて乾燥台に上がったり下りたりするのを見たこともある。戸を開けると、右側の板の上に紙に包まれた乾麵が積まれていた。私は以前も何度かその乾麵を買いに来たことがある。戸を開けて入ったが、誰も見えなかった。「どなたかいらっしゃいませんか？」と声をかけると、奥の方の部屋から彼女が顔を出した。彼女は私を見ると、かすかに頭を下げた。そして私の方へまっすぐやってきてすぐ隣に立ち、麵の包みを取った。なにかよい香りがしたような気がした。

「あの、麵を買いに来たんじゃなくて……これを」

私が差し出した新聞紙に包まれたものが何か、すぐに彼女はわかった。

「わあ！　おいしそう！」

彼女が私にきれいにそろった歯を見せて笑った。その笑顔のせいで私はずしんと殴られたかのように胸が痛み、息苦しくなった。

「いただきます」

お礼の言葉に返事もせずにすぐさま背を向けたとき、彼女が言った。

「ちょっと待って、これ持っていってください」

彼女は麵の包みを取って私に差し出した。私はうっかり麵を受け取って出てきてしまって、すぐに後悔した。彼女の父親や母親がくれたのでなければ遠慮するべきだった。しかし、どうして断ることなどできるだろうか。私は麺の包みを小脇に挟んで、誰にも見られないように頬を火照らせながら家まで走った。

私にとって女子高生とは登下校のバスの中や道端でしょっちゅうすれ違う存在であったが、サンドンネに暮らす学校に通えない子どもたちにとっては、言わば高嶺の花のように見えたことだろう。いつか私が制服姿でチェミョン兄さんの家に立ち寄ったとき、台所から出てきたミヨスンが言ったものだ。

「わあ、驚いた！　ミヌさん、素敵。制服着てるところはじめて見たわ。映画に出てくる東京帝国大学の学生みたい」

いまもそのときの感じははっきりと覚えている。私は彼らとこの先ずっと一緒にいることはできないだろうと思った。だから本心はともかく、表向きはきちんと付きあってやらないといけないと思った。それはおそらく山の上でチェッカニ兄弟や靴磨きの子どもたちとはじめて知り合ったときから決めていた私の態度であったはずだ。

チェミョン兄さんたちの仕事場は近隣でもっとも立地のよいところにあったので、いろいろな連中が狙っていた。手腕に秀でて頭のよいチェミョン兄さんは靴磨き場を手際よく管理していた。現代劇場の方は看板を描く部長と映写技師を、大きい兄貴、小さい兄貴と呼んで顔を立てなにかと世話をして、そのうちに彼らを通して社長と権利金を決めた。場所代を契約保証金のようにしてねじ込んだという。町にはヤクザが至るところにいるものだが、チェミョン兄さんはごく最初の頃に何度かの序列争いを経て、自然に認められるようになった。道の向こうの三叉路のグループがもっとも強いとはいっても、連中とチェミョン兄さんは友達の友達という間柄であり、チェミョン兄さんを無視することはできなかった。

二つ目の靴磨き場である焼肉屋マンソク会館は劇場の脇の筋にあった。チェミョン兄さんのところの子どもたちが当番を決めて食堂の中と外の掃除を担当し、物売りや物乞いが近寄れないように守っていたことから、自然とそこの靴磨き場を任されるようになった。喫茶ふるさとはタルゴル市場の入口にある三階建ての建物の一階にあったが、場所もよく、人通りも多いところだったので、いつも客で賑わっていた。しかし、大通りに面していたため靴磨きの場所が取りにくいところでもあった。だから少し離れた路地に屋台のようにテントを張り、仕事場を作った。チェミョン兄さんは主に現代劇場の前に詰めてマンソク会館までを担当し、喫茶ふるさとのあたりはチェッカニが子どもたち三人を連れて仕切っていた。私はチェミョン兄さんのおかげで現代劇場に面白そうな映画がかかると、ただで見ることができた。兄さんが入口で私の背を押しながら切符売りのおじさんに会釈するだけで、そのまま中に入れたのだ。

ある日、喫茶ふるさとの近くでトラブルが起こった。チェッカニが磨き係と一緒に仕事をしているところに、喫茶店の方へ靴を回収しに行っていた集め係が唇を怪我して戻ってきた。見かけない子どもたちが喫茶店の入口脇に椅子をいくつか置いて靴を磨いているというのだ。集め係は喫茶店の中に入ることもできず、入口で殴られたと言った。磨き係が息せききって押しかけようとするのをチェッカニが引き止め、一人で喫茶店の前に行った。話に聞いたとおり椅子を二つ置いて客を取り、喫茶店から集めてきた何足かの靴を並べて、三人の子どもがしゃがみ込んで靴を磨いていた。チェッカニが近づいて話しかけた。どこから来たんだ？　誰がここで仕事しろって言ったんだ？　ここは俺たちの場所だ、などとはくどくど言わず、ただ一言、こう言った。

「誰が殴った？」

すると背の低いチェッカニよりももっと小さい少年が、額にしわが寄るほど凄んだ顔をしてみせて立ち上がった。

「おまえら、これからはよそでやりな。ここは俺たちの場所だ」

チェッカニはあきれ返って、即座に問い返した。

「なんでここがおまえらの場所なんだよ」

ずんぐりチビが堂々と答えた。

「俺たちは建物の持ち主から許可もらってんだよ」

チェッカニはにやりと笑って、そのまま引き返した。彼はチェミョン兄さんがどのように相手を扱うのかよく知っている。だから、その場ですぐに事を構えはしなかった。

チェミョン兄さんとチェッカニがずんぐりチビを把握するのに一日もかからなかった。少年のあだ名はトマギ、年齢はチェッカニより一つ下。つまり私と同い年だった。二、三か月前に、上の町——山裾の陽の当たらぬ地区——にやってきたという。もともとは大通りの向こうのサンドンネで暮らしていたので、三叉路のグループの中にも知り合いがいた。トマギはテコンドーの黒帯らしかった。そう言われてみれば、喫茶ふるさとの建物の二階にテコンドーの道場が数か月前に入った。師範はチェミョン兄さんより三つ四つ年上の青年で、テコンドー三段だった。トマギはその道場で子どもたちの指導をしていた。どうやらサンドンネの子どもたち数人を引き連れて靴磨き場を押さえ、副業にしているようだった。チェミョン兄さんはすぐに決めた。

「たいしたことじゃねえ、喫茶ふるさとからは手を引こう」

「なんだよ、じゃあ俺はどうなるんだよ」

チェッカニがかっとなり、私も隣で聞いていて口をはさんだ。

「それはよくないと思う。追い出されたって噂になるんじゃないかな」

「焦ってどうなるもんでもねえよ。チェッカニ、おまえは明日から三叉路のあたりの店をまわって靴を集めてこい」

私たちは不満を残したまま口をつぐんだ。その後、なんの反応もないのを知るとトマギはいっそう大胆になり、チェッカニ一派の靴磨き場にやってきて、磨き係の子どもたちから金を巻き上げたりもしていた。チェッカニがとうとうチェミョン兄さんに怒りをぶつけた。

「兄貴、ビビってんのかよ。こんな恥をかかされてなにも言えないんじゃ、俺たちはここでやってけねえよ」

タルゴルでチェミョン兄さんにかなう者などいなかった。だからこそ大通りのもっとも立地のよい場所を独占していたのだ。ところがトマギが現れて別の一派を形作ると、七、八人の悪ガキたちがそのまわりに集まった。私は東大門のはずれとタルゴルで暮らしているあいだにサンドンネの子どもたちを数多く見てきたが、彼らはほとんど自力で生きてきた子どもたちだ。学校も早くにやめてしまい、数人で連れだって住宅街を行商したり、泥棒のような真似をしてみたり、もう少し大きくなると工場に入ったり、ともかく軍隊に入る頃にはそのほとんどが家を出ていた。

ちょうどチェソプ兄さんが数か月ぶりに家に帰ってきて、チェッカニから町の異変について聞いた。チェソプ兄さんは弟が仕事から帰ってくるなりその間の出来事について問い詰め、チェミョン兄さんが言い訳をした。

「揉めずにうまくやろうと思ってな。テコンドーの師範がなかなかに手ごわいんだ。それでいまは様子を見てるところなんだよ」

「おいおい、おまえはチェソプの弟のチェミョンじゃねえのか？　合気道、柔道、ボクシング、全部やったんじゃねえのか。そんなんでどうやって生きていくんだよ。明日すぐにでもひと暴れしてやろうぜ」

翌日、兄弟は年長の磨き係の子どもを三人連れて悠然とタルゴル市場に下りていった。喫茶ふるさとの前にトマギの姿はなかった。靴磨きの子どもたちにどこに行ったかと聞くと、上で初級クラスの指導中だという。兄弟はどかどかと二階に上がっていった。掛け声をあげて立っていたトマギを無視して、磨き係の子どもたちが稽古中の子どもらを残らず外に追い出した。師範はトマギに指導を任せて所用のために外出していた。

「おい、この野郎、やっと会えたな」

チェミョン兄さんが息巻くと、トマギは攻撃姿勢を取りながら足先をしきりに動かした。

「きっちり勝負をつけようぜ」

「おいおい、バカがかっこつけやがって」

チェミョン兄さんがトマギの蹴りを腰を落としてよけつつ、脇腹に入り込んでワン、ツー、顎にパンチを二発見舞うとトマギはその場にうずくまった。

「黒帯が泣くぜ。おい、チビ、立てよ」

と言って胸倉をつかんで起こし、フックで下腹を突き上げるように殴ると、トマギはエビのように体を折り曲げたまま床に倒れて身をよじった。その間チェソプ兄さんは壁の鏡や額を外しては床に叩きつけた。チェミョン兄さんがトマギに警告した。

「おい、おまえ、うちの連中からカツアゲしたらしいな。いままで黙って見逃がしてやっていたが、これからはそうはいかねえ。おまえの家がどこかも知ってるし、おまえの親父がどの工事現場にいるかもわかってるんだ。けちがついちまったから喫茶ふるさとはおまえにくれてやる。好きにしやがれ。そこから一歩でも出たら、ぶっ殺すぞ。わかったな」

割れたガラスの破片の上にうずくまるトマギをそのままに、兄弟は外に出た。二人は師範が戻ってくれば必ずやってくるだろうと予測していた。

タルゴルの中央の大通りを上がっていくと、わが家のある路地の入口の四つ角を過ぎたところで突き当たりになり、そこから左右に道が分かれていた。左右のどちらに上がっていっても頂上にたどりつく。突き当たって途切れた道の脇に石を積んで作った狭い階段があって、まっすぐに上がっていくこともできる。頂上へと上がっていく手前に、誰かが畑を作りかけてそのままになっている空き地があった。そこから見下ろすと、町の中央通りがずっと下の市場まではっきりと見えた。ところどころ細い路地や、家々の中庭が見えもした。頂上の空き地が老若男女みなが集まる場所だとすれば、以前は畑だったこの場所は私たちだけの溜まり場だった。おそらくトマギもその頃には、私たちがどこにたむろしているか知っていたようだった。夕日が沈む頃、見張りをしていた子が奴らがやってくると言った。チェソプ兄さんとチェミョン兄さんは将棋盤をはさんで座り、私たちはそのまわりをぐるりと囲んでいた。路地を最初に上がってきたトマギが後ろを振り返ると、がっちりした体格の師範が前に進み出た。

「誰がやったんだ？　どいつが道場に来て器物破損していったんだって聞いてるんだよ」

チェソプ兄さんが手招きしながら答えた。

「おたくが師範ですかい？　こちらに来てお座りになりませんか」

チェミョン兄さんは将棋盤の前からすうっと立ち上がると、その場を離れた。私たちがぐるりと輪になっている、その真ん中へと師範はためらうことなく歩いてきた。チェソプ兄さんは将棋盤の前に座ったまま言った。

「勝負をつけるのはいいが、その前にちょっと俺の話を聞いてくれませんかね」

師範はいまにも飛びかかりそうな勢いで顔を紅潮させて、拳を握り締めた。

「ごちゃごちゃうるせえな、ガキが」

師範が近づくと、チェソプ兄さんは両手を振って言いつくろった。

「おい、ちょっと待ってくれよ！　だからさ、俺の話を聞いてくれってば。ここが靴磨き場だとするだろ、そうするとここがテコンドー場で……」

と言いながら、将棋の駒を将棋盤にパチリと音を立てておいた。師範がつられて将棋盤を覗き込もうと上体をかがめた瞬間、チェソプ兄さんが素早く体を起こし、前かがみになった師範の顔を膝で蹴り上げた。バコッという音が聞こえた。急所に蹴りを喰らった相手がふらつくと、チェソプ兄さんは両手で師範の頭を摑んで立てつづけに膝で蹴り上げた。トマギとトマギが連れてきた二人は、あっという間のできごとに呆然として見ているだけだった。すでに血まみれで気絶している師範を、チェソプ兄さんが両脇を抱えてずるずると引きずっていき、丘のはずれにどさりと下ろすと、ドスを利かせた。

「俺はもうここから出ていくから、チクるなりなんなり好きにしな。よそから来たんならおとなしくしてりゃいいものを、ガキを連れまわしてふざけた真似しやがって。道場に火をつけられる前におとなしくテコンドーでも教えてろ」

そう言うと、足でぼろ雑巾を始末するように、のびてしまった師範を丘の下に蹴り落とした。師範はずるずる転げて、道の上にひっくり返ったままピクリともしなかった。

噂はサンドンネだけでなく、三叉路の向こうの隣町にまで、あっという間に広がった。上下十本歯が折れたとか、鼻の骨が陥没して入院して全治八週間だとか、大いに尾ひれもついた。管轄の警察署からも刑事が訪ねてきた。たかが喧嘩で警察にまで届け出たという理由で師範の体面はさらに傷ついた。

私はそのような過程を見ながら、生きることの熾烈さについて考えさせられた。そしてこの小さな地獄は、この地獄の外の広い世界の縮図なのだろうと思った。私は高校三年生になり、どこかに進路を決め、死に物狂いで乗り越えていかなければという強迫観念に囚われていた。この時分、私は恋に目覚めつつあったが、この町からとにかく脱け出さねばならないと固く決心して、大学入試のための受験勉強にひたすら打ち込んだ。

私たちの町の少年たちのほとんどが製麺所の娘チャ・スナを好きだということを知ったときには、私もすっかり彼女に夢中になっていた。まずチェッカニがいつからか自分の家の水くみ当番を一人でやりだした。私がさすが働き者と彼をおだてると、磨き係の少年たちが互いに目配せをしてにやにやする。チェミョン兄さんが言った。「わけもなしにそんなことをするか。スナの顔が見たいんだよ」

確かに共同水道のそばに製麺所があった。チェミョン兄さんはある日突然製麺所の戸口に現代劇場で上映中の映画のポスターを貼り、招待券をあげた。チェッカニによるとトマギが二日にあげず麺を買いに行くのだともいう。そういえばチェミョン兄さんの家では、暮らし向きがよくなったのか、いつからかすいとんにかわってククスをよく食べるようになっていた。ミョスンが兄たちのそんな空気に勘づいたのか、自分もスナ姉さんみたいに学校に通いたいと大泣きしたこともあった。

私は登下校の折に少し離れたところで、あるいは偶然乗り合わせたバスの中でちょくちょく彼女に出くわした。ある日などは、私がバスに乗ると目の前の座席にスナが座っていた。彼女が私のカバンをすっと引き寄せて、膝の上の彼女のカバンの上に載せた。私は面映ゆい気持ちで微笑み、軽くうなずいた。サンドンネでたった二人の高校生だからか、スナは私にためらうことなく話しかけた。

「あら、これ北部図書館の本ね」

彼女は私のカバンから滑り出た本を手に取って言った。私は嬉しくなって尋ねた。

「行ったことあるの？」

「もちろん、私もあそこで本を借りて読むのよ……」

私たちは降りるバス停が近づいてくるまで、それ以上話すこともなかった。バスを降りれば、すぐ目の前が市場に入る小さな通りだ。私たちはお互いに知らないふりをしなければならない。

バス停が近づくにつれ、私はだんだん焦りはじめた。

「金曜日に本を借りに行くんだけど、一緒に行かない？」

「学校が終わってからだと、何時ぐらいになります？」

「四時半ごろかな？」

「行けたら行きます」

図書館は私の学校とスナの学校の中間にあった。六時が閉館時間なので余裕がある。その日は運よく雨が降った。私はわざと傘を持っていかなかった。そして彼女の傘に一緒に入った。その後スナと何度か会い、大学入試のあとの数か月、私は彼女を市内の中心街によく呼び出した。妙なことに彼女との記憶は、この頃から前後がつながらず、とぎれとぎれになっている。数十年もの間まったく違う世界を生きてきたのだから、当然のことなのかもしれない。

＊7【月払い】韓国の家賃の支払い方式は、月々の家賃を支払うウォルセ（月貰）よりも、チョンセ（伝貰）のほうが一般的。貧しい人々にとってはウォルセのほうがありがたい。チョンセについては訳注9参照。

＊8【タルゴル】サンドンネのなかでも、さらに貧しい人びとが集まって暮らす一種の貧民街の名称。

＊9【チョンセ】韓国独特の住宅賃貸制度で、借り手は家賃の代わりに、契約時に住宅価格の五～八割程度のまとまった金額を家主に払う。これをチョンセ金という。契約終了時にはチョンセ金は借り手に全額返される。家主が契約期間中、チョンセ金を銀行に預け、利子収入を得る仕組みである。最近は銀行の金利が下がっているので、日本のように保証金（敷金／礼金）＋月々の家賃の物件が増えている。

＊10【ソプソプ】おそらく섭섭하다（ソプソプハダ／さみしい）とチェソプのソプをかけている。いつも不在の兄という意味があるようだ。

4

朝になると、一日のはじまりを告げるあらゆる騒音がいっせいに先を争って押し寄せてくるから、神経がいっそう鋭くなる。客が途絶えるとうっかり寝入ってしまい、入口が開く音にハッとして目を覚ませば、普段は気にもならない車道を走る自動車の轟音で頭の中がいっぱいになる。公演を控えたここ数日はリハーサルだなんだと準備作業のために午前中に少し眠るだけで一日中走りまわっていたものだから、一時間の延長勤務がひどくこたえる。眠気を振り払おうと頭をめったやたらに振りまわすたびに、ミツバチの巣箱をつついたみたいに目の前が真っ暗になって、蜂の大群が頭のまわりをぶんぶん飛びまわるようだ。こんなふうに疲労困憊して、一度腰を下ろしたら立ちあがるのもつらい日は、ふと黒シャツのキム・ミヌのことが思い浮かんだりする。しばらくの間は、道で黒いシャツにキャップをかぶり大股で歩く男の後ろ姿を見るだけでもどきりとし、ピザの配達のオートバイの音を聞いただけでも気分が悪くなって吐き気がするほどだった。彼はこう自己紹介したのだった。「僕はへ・ゴジャです」「え？　名前がゴジャ[*11]? そんな名前があるの?」。わたしがけらけら笑うと彼は顔色一つ変えずに「いや、解雇者(ヘゴジャ)ですよ」と言った。

キム・ミヌとはじめて会ったのはピザ屋でアルバイトしていたときのことだ。わたしが接客をしていて、客だった彼と恋に落ちた、というようなことではない。彼もわたしと同じピザ屋の店員だった。店長以外はみな二十代の男女の店員の中で、彼は少し浮いていた。それはちょうど新学期の大学の教室に現れた軍隊帰りの復学生のような老けた印象のせいだ。三十一歳の彼の仕事は配達だった。キム・ミヌはいつも黒いシャツを着ていた。違うのはシャツの胸に書かれている英語やイラストだけ。季節ごとに袖の長さと厚さが変わるだけ。シャツはいつでも黒ばかりだった。でも、たぶん、わたし以外には誰も彼になぜ黒しか着ないのか尋ねた者はなかったにちがいない。彼はいつものように問われたことにごく簡単に答えた。「洗濯が面倒だから。それがどうしたの?」。そういうわけで店員たちのあいだでは、彼はキム・ミヌという名前ではなく「黒シャツ」と呼ばれていた。わたしたちがその店で一緒に働いていたときは、他人行儀な感じでそれほど親しくはなかった。よくある言い方をするなら「牛が鶏を見る如く(お互いに興味がない)」という間柄だった。

わたしが健康で体力もあると判断したのか、ピザ屋の店長はわたしがアルバイトに入るなり厨房の補助をさせた。ピザの生地を作ることはできなかったけれど、種類ごとにトッピングしたり、材料を切ったり、下ごしらえをする仕事だ。何度かトッピングで違う材料を載せるというミスをした時点で、見習い期間についての説明を初めて受けた。最初の三か月間は本来の時給よりも差し引かれるということだった。当時、アルバイトも勤労契約書を書かなければならないということを聞いてはいたが、店からはなんの話もなく、きっと常識的にやってくれるだろうと気にも留めずにいた。一か月で各種ピザのレシピを正確に把握し、残り二か月の見習い期間を黙々と耐えた。四か月目に給料をもらい、前月のように依然として見習いの給与額のままであることを確認した。店長に尋ねると、わたしが見習い期間中に急に二日間も欠勤して支障が出たということだった。だからと言って三十万ウォンも引くというのはひどいではないかと抗議したが、見習い期間を延ばさなければならないという相手の主張を覆すには、わたしはあまりに無力だった。ソウルで独り暮らしをするには百六十万ウォンは必要なところを、どうにか百万ウォンほどのアルバイト料をもらう計算だったのに、さらにその半分になる。時給三千ウォンにしかならなかったというわけだ。

わたしが店長と言い争ったすえに、今日でやめるとだけ言い捨てて出ていこうとすると、黒シャツがわたしを遮った。彼は店長に、なぜ勤労契約書を書かなかったのか、違法じゃないのか、と詰め寄った。見習い期間が三か月なら採用する当初に知らせておかなければならず、見習い期間が終われば本来の時給で計算しなければならないと、一つ一つ問いただした。しかしシャツが店長は、それはこちらのミスではなく、本人が了承したことだと言って、相手にしない。黒シャツがゆっくりと店のロゴが入った上着を脱ぐと、自分もやめる、そして明日すぐに雇用労働部と地域雇用センターに訴えると言った。店長は好きにしろと鼻で笑い、わたしはわたし、彼は彼、それぞれに店をやめた。

いまではそれなりに諦めの中で生きているので、時給と仕事がほどほど合理的であればあまりうるさいことも言わずにやり過ごす。コンビニの時給は四五〇〇ウォンだけれども、わたしの場合は深夜勤務に延長勤務も加わるから、時給の五割を上乗せして受け取るべきで、週五日勤務ならば少なくとも一日分の週休手当ももらえるはずだ。それでも一日十時間の夜勤の対価として六万ウォンをもらうことで合意した。代わりにその日の勤務終了時にきちんと日給として受け取ることにした。数年前までは不当なことはけっして許さず、言うべきことは言わなければ気がすまない性分だったのに、いまではごちゃごちゃ言うほうがもっと面倒になると思うようになり、適当なところで手を打ったのだ。

数日後、小劇場で練習していると誰かがわたしを訪ねてきたという。黒シャツだった。彼はエンジン音もけたたましい古いジープにわたしを乗せて、あのピザ屋に行った。そこで待っていた社長が、三十万ウォンの入った封筒をわたしたちに差し出した。わたしが封筒を開いて目でざっと中を確認し、半分に折ってズボンの後ろのポケットに入れようとすると、黒シャツが素早く取り上げた。

「それじゃ盗んでくれって言ってるようなもんだ、カバンにちゃんと入れなよ」

「あてにしていなかったお金が入ったんだし、なにか食べに行こうよ」

わたしは拾い物をしたような気持ちと、知らん顔でさっさと一人で行ってしまうのも申し訳ないような気持ちが重なって、そう言った。彼は黙って周囲を見まわして、目に止まったスンデクク（豚の腸詰めスープ）の店へと、ぶつくさ言いながら先に入っていった。

「最近の若い女の子はほんとうに世間知らずだ」

わたしはどうやってこんな奇跡を起こすことができたのか尋ねた。聞けば、彼は雇用労働部や雇用センターに訴えてはいない。規定上そのようになっていても、実際には訴え出てみたところで少額の未払い金をいちいち店主から取り立ててもくれないどころか、通告すらしてくれないということを彼はよく知っていた。彼はまず友達に頼んで店長に電話をかけさせた。おたくは告訴されていますが、なぜこんな面倒を引き起こすようなやり方をしているのかと、重々しい声で話しかけた。次いで、煽るような文句をでかでかと書いたプラカードを作り、客で混み合いはじめる昼食時間から夕方まで店の前に立った。ほかの店舗にいた社長に連絡が行き、その場に社長がやってきて、状況を把握した後に合意に至った。それだけのことだという。今度からは時給制のアルバイトであっても、必ず勤労契約書を書いて働かなければだめだと彼がいのだと。

言った。それを書かなければ、契約期間、勤労時間、業務内容やそれに伴う賃金が保障されな

彼の紹介でそれから一週間もしないうちに、大学街のカフェで働くようになった。彼は以前は大手の建設会社に勤めていたという。失職してからはずっと、二、三個のアルバイトを掛け持ちしてしのいでいた。ときどき二人で会った。主にわたしのアルバイトの終わる時間に合わせて彼がやってきた。わたしが演出する演劇の公演がある日に彼を招待したりもした。わたしたちは他人の目には長いつきあいの恋人同士に見えるくらい、気の置けない友人になっていった。とはいえ、二人とも恋愛などできるような贅沢な身分ではないということもよくわかっていた。だから約束でもしたかのように、適当な距離を保ちつづけた。二人きりでいるときに微妙な空気に互いに気づいても、素知らぬふりでやりすごした。会って焼酎を一杯やりながら愚痴をこぼしているうちに、ふと泣きたくなることもあった。そんなときには彼の黒いシャツの胸に描かれた文字や絵をぼんやりと眺めて、すばやく冗談めかして話題を変えた。

彼は短大卒だった。母子家庭だったので、兵役に就くかわりに公益勤務期間[*12]を経て、二十代前半から八年間ずっと、一つの職場に勤めた。ただ彼は非正規から脱け出すことができなかっただけ。それだけのことだ。彼はわたしにとって、世情に通じている先輩でもあった。わたしには、周囲の同じ年頃の友人たちが荒唐無稽な蜃気楼を追う世間知らずに見え、そのせいか、

なおさら彼が鷹揚で大人びて見えた。最初は彼の家族関係だとか、周囲の友人たちについて何も知らず、尋ねもしなかった。なんとなく彼には友達がほとんどいないように見えた。その点はわたしも同じだ。演劇の世界で交流のある人たちは、俳優であれ演出であれ仕事が終われば、みなそれぞれの生活に戻っていき、次に会うのも舞台の上でだった。それは日常とは遠い仮想の世界でもあった。彼は短期大学を出ているが、むしろ高卒の方がよほどましだった。修士、博士であっても職に就けない人で溢れている社会で、彼の失業は当然のことでもあった。

当初彼は日雇い暮らしだったが、幸い現場の技師の目に留まり、建設会社の臨時職として就職した。資材労務管理の補助という仕事だったが真面目に勤めた。ところが年末がやってくると、もう一年働くための再契約をしなければならず、正社員との差別を甘受しなければならなかった。有給や研修、福利厚生などは期待もできず、賃金は正社員の半分にもならない。ボーナスも報奨金もなかった。会食の席に行けばいつも気を遣い、話題に入ることもできず、ただ黙々と食べて飲んで、そして一次会だけで帰った。

もともと口数の多い方ではなかったが、キム・ミヌはあのことが起こる数か月前から次第に口数が減っていった。主にわたしが喋って、彼は黙って聞いていた。いや、ときにはほとんどぼんやりと座っていることもあった。それでもわたしが彼と一緒に食事をしたり酒を飲んだり、仕事をしたりするときに、いつも気持ちが穏やかでいられたのは、彼が本当に常識人だったたからだ。わたしの前で自分の存在価値を確認しようとしたり、なにかを要求したりすることなく、互いにひとりで過ごしているときのように自由でいられたからだ。いつだったか飲み屋で二人で酒を飲んでいて、偶然演劇をしている仲間に会ったとき、わたしはキム・ミヌを従兄と紹介したことがある。言ってから、気がついた。彼は本当に幼い頃から一緒に育った従兄のようだった。

出勤時間が近づいてくると、次第にコンビニが混みはじめた。缶コーヒーを買っていく人、二日酔いなのか顔をしかめて入ってきてドリンク剤を飲む会社員、カップラーメンに熱い湯を注ぎ窓際のテーブルの上に置いて食べる若者、出勤途中に立ち寄って朝食をコンビニ弁当ですませるいわゆる馴染みの「コンビニ弁当族」、サンドイッチと飲み物を買って出勤していく女性。ちょうど九時に店主のおじさんが交替しにきた。おじさんはいつもより一時間は多く眠れたはずなのに、むくんで腫れぼったい顔で出てきて、店の中をひとまわりする。わたしはエプロンを取り、バックパックを背負い、カウンターの前に立って静かに待つ。おじさんは異状がないことを確かめてから、六万ウォンを数えて差し出した。

「今日は遅れるなよ」

おじさんが注意した。

「昨日はすみませんでした」

わたしは今日が最後のリハーサルで、しかも「花金」であることを思い出した。明後日と明々後日はわたしの代わりに週末担当の学生が出勤する。

ソウルのはずれに向かうバスに乗ると、ガラガラに空いていた。この時間帯にソウルの中心を走るバスは満員だろう。わたしは座席に座るとすぐにうとうとしはじめた。それでも降りる場所が近づいてくると自然に瞼が開く。

くすんだ石の壁の集合住宅が立ち並ぶ坂道まで歩いてきたところで、携帯電話のメッセージ着信音が鳴った。

仕事は終わったの？　今日も疲れたでしょう。明日から公演よね？　明日が無理ならあさってにでも行くわね。しばらく会っていないから会いたいわ。

キム・ミヌの母親からのメッセージだ。わたしは立ち止まって返事を書いた。

もう出勤されたのですね。わたしはちょうどいま家の前にたどりつきました。めちゃくちゃ疲れました（涙）。来られるときには連絡ください。公演が終わったら久しぶりに一杯やりましょう

ね(^^)

わたしは地下に向かう階段をいったん降りかけたが、くるりと向きを変えて上にあがっていった。三階まではワンルームの部屋が廊下に沿って両側にあり、四階に家主の家がある。元公務員の夫婦で、おばさんは穏やかで優しい。インターフォンを押した。ドアを開いて顔を出したおばさんは、こんな時間にわたしがどこからやってきたのかよくわかっている。わたしは三十万ウォンを取り出して差し出した。

「ふた月遅れていますよね。とりあえずひと月分払います。公演が終わったら残りも全部払いますから」

おばさんが心配そうにちっちっちっと舌を鳴らす。

「こんなふうに昼夜逆転の生活をしていては体によくないのにねえ……このごろ顔色も悪いよ。ご飯はちゃんと食べているの?」

「もちろんですよ。生きていくために働いているんですから」

にこっと笑って帰ろうとすると、おばさんがうしろから声をかけた。

「ちょっと待って。渡したいものがあるのよ」

おばさんがくれたのは田舎から宅配で送ってきたという高菜のキムチだった。魚醤の癖のある香りが鼻をくすぐって唾がわいてくる。ありがとうございます。お米はまだある？　また言葉を交わす。そしてゆっくりと階段を降りてゆき、薄暗い半地下のわたしの部屋の前に立った。

＊11【ゴジャ】鼓子。生殖機能の不十分な男を指す。
＊12【公益勤務】役所などに一定期間勤めて兵役の代わりとするもの。

5

事務所にチェ・スングォンが電話をかけてきた。アジアワールドの会合があるということとイム会長と昼の会食をするという内容だった。気の進まない電話だった。しかし、行けないとも言えないのは漢江デジタルセンターのオープンまでまだ数か月あったからだった。イム会長、そしてテドン建設の資金難と裏金疑惑が何度か新聞に出てもいる。不況に直面しているのは昨今の建設業界の全般的な現実でもあった。アジアワールドプロジェクトは参画企業と政府が二度にわたって交代し、持ち越しの課題となっている事業であり、私が漢江デジタルセンターの設計を引き受けた初期の時点では、イム会長は興味がないか、もしくは知らない話だった。おそらくチェ・スングォンが引っ張り込んだのだ。彼は私の大学の同期の弟だった。

彼の兄、チェ・スンイルは美大生だった。私が建築科に入り、絵に興味を持ちはじめた頃に、同級生の中の誰かがスンイルが通っているアトリエを私に紹介してくれた。スンイルは大学の先輩が開いた受験生の実技のための絵画教室で、助手のアルバイトをしていた。ソウル出身で、家はリベラルな中産階級だった。父親は大学教授で、母親は有名デザイナー。彼の家にも何度か遊びに行ったが、彼の兄弟たちがあたりまえのように父親[*13]と酒を飲み、煙草を一緒に吸うのを見て少し驚いた。なにより羨ましかったのは、居間のように広々として、天井に届くほどに本が積まれた書斎だった。私はスンイルのおかげで製図とスケッチの腕を上げることができた。残念なことに彼は大学を卒業してすぐに交通事故で亡くなった。普段は一杯飲んだだけでもその場で眠りこんでしまう彼が、その日はどういうわけか痛飲し、タクシーを捕まえようとして車道に出たところを、バス停に向かってカーブを曲がってきたバスに轢かれたのだ。後になってスングォンから聞いたところによると、その日スンイルは失恋したという。実のところ、当時私はヒョンサン建設で実習生として時間給の仕事をしていて忙しくしており、彼の葬式に参列するどころか、亡くなったということも知らなかった。

何年頃だったか、私が留学を終えて帰国し、ふたたびヒョンサンで室長として勤めていた時期のこと、スンイルの弟のチェ・スングォンが連絡をしてきた。スングォンは自身の事業の必要に迫られて私のことを探しまわっていたのだ。当時から彼は生き字引のように建築やデザインに精通していた。大企業傘下の広告代理店の仕事で飛びまわり、後には外国企業の広告エージェントとなり、やがて自分で会社を興した。そして、彼の表現によれば、「一生食べていけるだけは稼いだ」から、すべての事業をやめた。その財産の大部分はおそらく不動産だったはずだ。

スングォンは文化と経営という、まったく相容れそうもない概念を結びつけて本を出版し、各地で講演もして、多くの人を集めた。彼が主宰する、まるで詩の一節かなにかのような名前の文化財団は、それこそ粋人の社交クラブのようだった。私もここ数年、彼から連絡をもらい、何度か参加したことがある。ビュッフェで食事をし、名刺交換をし、それなりの著名人を呼んで講演を聞き、その日の雰囲気によっては、会員の中で瀟洒な別荘を持つ者に誘われるままに皆で押しかけていって二次会をやりもした。彼らの善意に満ちた言葉と上品な振る舞いには、ほとほとうんざりして耐えがたいほどだったが、それでも私は見事に耐えた。彼らの孤独と不安が少しわかるような気がしたからだ。彼らは常に陽の当たる場所を目指すしかない。人生でどうにか成し遂げつつある小さくて危うい成功を、より確かなものへと育てていかなければならないのだ。私が歩んできた人生も、チェ・スングォンの歩んできた人生も、きっと大差はない。ただ、私のほうが世間について少し懐疑的であっただけだ。

昨年だったか、テドン建設のイム会長から連絡があり、夕食の席に出向くとチェ・スングォンが先に来て待っていた。数年ぶりの再会だったが、彼のご高説も相変わらずだった。世の中のことはすべて文化が決定するのだと、そればかりだ。

「さすが顔がお広いですね。こちらとはどうやって知り合われたのですか?」

私が尋ねると、イムが答えた。

「ああ、同じ教会に通っているんですよ」

イム会長は教会の話となると、さらに饒舌になった。

「この人のせいで、私たち夫婦は早朝礼拝にまで参加しているのですよ」

規模が大きな教会ではなく、知り合いばかりでひそやかに小さな教会を作り、牧師を招いたという。イムはまた政財界の有力者が通っているいくつかの教会の話もした。

「そういうところは一種の上流社会の社交クラブでしょう。私どものところはそれこそ純粋な信仰共同体ですよ」

ともかくも、その席でイム会長はアジアワールド企画案について話したのであるが、話の後半部分に入ってより詳しい説明をしたのはチェ・スングォンだった。私はヒョンサン建築時代と事務所を立ち上げた頃の経験があるので、このような案件の性格についてはなんとなく察しがついていた。こういうものは現政権の関心がどこにあるかによって推進力が決まる。しかも、ソウルのはずれということであれば、京畿道知事が誰で、その人物が与党の所属なのか否かが、出発点において重要になってくるのだ。この案件はチェ・スングォンが持ってきたものだ。おそらく彼はすでにある程度道筋をつけてあり、ことが動きだせばそれをさらに確かなものにするのだろう。彼のような人間はどんなときでも幅広く人びとと交わり、人間関係のアンテナを張りめぐらせておくものだ。陽の当たる場所に立つことは簡単だ。権力を握っている側の人びとが何を言うかに気を配り、同じ言葉ではなく、よく似た単語を駆使して、もともとこちらも同じ主張であったということを間接的にほのめかす。ときによってはそれがうまくいくこともあるし、うまくいかないこともある。たとえうまくいかなかったとしても、はじきだされたりはしない。そこにはただただ純粋で善良な意図があるだけで、主流社会にとって害になる者ではないという大前提を、確実に相手に認識させることができるからだ。どうしようもなくくだらない、そして俗物的ではあるが、中産階級の人間はこれを健全な見識だと固く信じている。

私は本心を見せないことが一種の性分のようになってしまった。ただ笑ってやりすごす。いずれにせよ私も間違いなく俗物の一人だ。

会社の車でソウルの郊外に向かった。ぽつぽつとアパート団地が立っている空き地の端に、新しく建てられた現代的なビル群があった。鉄骨だけのものもあれば、短期間でコンクリートに金属とガラスで外壁を仕上げた新しい建物もある。

待ちうけていた社員にアジアワールド準備委員会の看板がかかった事務所に案内された。イム会長が私を歓迎し、チェ・スングォンはブリーフィングの準備をしている。京幾道庁からやってきた責任者、文化部の局長、金融会社の人間、銀行の幹部、そしてはじめて見る青年が会長のすぐ隣に座っていた。会長が言った。

「時間があまりない方もいらっしゃるので早速はじめましょう」

「ええ。ほかの会合があるものですから」

青年が囁くようにチェ・スングォンに告げると、彼はプロジェクターを立ち上げてスクリーン上のカーソルを動かした。私の事務所で作成したマスタープランと鳥瞰図のスケッチなどが投影された。彼はしばし韓流について話した。K―POPとドラマと映画のような大衆芸術がアジアと全世界を席巻しているというような内容で、そのコンテンツ生産の拠点に大いになりうるセンターの必要性を強調した。数年間聞きつづけてきた話だが、みな忍耐強く聞いているようだった。しかし生産基地としての役割だけでは創造的な作業を持続させていくのは難しいということ、そこで敷地を活用するための大型ショッピングモール、ホテル、レストラン街などの付属施設が必要だということ、具体的には、まず映画とドラマのスタジオでは実際の撮影現場を見ることができるようにし、音楽、美術、映像の各界文化人や芸術家のアトリエも公開を前提とすること、さらにはリフレッシュと娯楽の大がかりな施設としてスパとアウトレットモールが地上と地下に配置されるということが図で示された。つづいてドーム式の公演場と劇場も投影された。現在、トランジットのために仁川空港を利用する乗客が年間数百万人であるとチェ・スングォンは言い、そのような人びとのための短期観光プランも提示した。衣類から電化製品に至るまで、返品されてきた品物も含む在庫品の倉庫がソウルの西部地域に密集しているのだが、その数まで挙げて総合アウトレットの可能性について説得力のある話をした。青写真の数々は、すべてこのような意図のもとに、細かく立案されたものだった。

ブリーフィングは一時間足らずで終わり、青年が真っ先に立ちあがった。のちほど書面にして送ってください。そう手短に言って退席した。するとチェ・スングォンが、彼に来てもらうのに苦労したと言い、「本家」（いわゆる「青瓦台」、大統領官邸）から来たのだと耳打ちした。実際、チェ・スングォンに昼食に誘われたが、私はほかの会合があると言って立ち上がった。キム・ギヨン先輩の回顧展のオープニングが待っていた。私は来た道を引き返しながら、まるで異世界のトンネルをくぐり抜けているような気持ちになった。すべては夢だ。そうではないか。いまだ満たされぬ欲望という夢の中にずっといるうちに、まるで現実であるかのような実態が現れ出て、それさえ夢になって流れていってしまう。あの空き地にぽつぽつと建つセメントと鉄骨で形作られた建築群が、以前とは違ってゲーム機の中の仮想世界のように見えだした。

展示場の入口でイ・ヨンビン教授と建築家のチャン某、カン某などに会った。客はほとんどが学生や建築界または文化界の著名人だ。その中にはキム先輩のことを知っている人もいれば、何者だかまったく知らない人も多い。展示品は先輩の雑多なスケッチ、製図、建築デザインの下絵などで、建築模型を展示した部屋も別にあり、写真と映像の資料室もあった。キム先輩が映像の中で語っていた。

植民地時代の我々の建築は、日本がヨーロッパをコピーした偽物の近代を、さらにコピーしたものでした。中央庁舎やソウル駅など、すべてがそんな姿をしていました。朝鮮戦争が終わると無残なまでに壊された廃墟の上に、足りない資材と資金で一時しのぎの建物が立ち並び、このような建物は十年もたたずに再建築されることになります。住宅業者が建てた庶民の家とサンドンネのバラック村は数多くの道や路地を作り出しました。少し生活が楽になると、伝統の再解釈ということでコンクリートに木造建築に施されていた伝統の文様を描くような次第となりました。ここまでが先輩方の世代の作業であり、次の世代は再開発と箱のようなアパートのセメントの山を作ることで年月を費やしました。その代価として私たちは多くの隣人たちを歪んだ欲望の空間に押し込め、あるいは追い出したのです。建築とは記憶を壊すのではなく、その記憶を下絵にして、人びとの生を繊細に再組織することです。私たちはそのような夢を実現することにすでに数多くの失敗を重ねてきました。

彼が作業していた地方の山奥、小さな郡部のプロジェクトの映像が流れている。彼は田舎の家の縁側で老婆の手を取っている。「何を作ろうっていうの?」「村役場です」「そんなもの作らないでおくれ。わたしたちとは何の関係もないものじゃないか」「じゃあ何を作ってほしいですか」「銭湯の一つでも作っておくれな。一日中畑に出て汗まみれになっても、女たちが汗を流す風呂もないし、年寄りたちだって関節がずきずき痛んでもゆっくり湯につかる場所もないのだからねえ」「ええ、きっと作ってさしあげましょう」「信じていいかい?」「もちろん、必ず」。握り合う対照的な手がアップになって映し出されている。鉛筆しか持ったことのない建築家の細く長い手と、痩せて枯れ枝のように節くれだった老婆の手。

画廊の事務所の中でキム・ギヨンが休んでいた。展示室をまわってきた知人たちが一人二人と集まり、立ったり座ったりしている。私はキム先輩の隣に座った。

「手伝ってくれてありがとう」

「あんなにたくさんのお仕事をなさっていたとは知りませんでした」

私は本心からそう言った。彼が成し遂げたことは、過去数十年間の都市の多彩な変化からしてみれば、それこそ取るに足らぬものだ。いや、かねて私と同僚たちが陰で少し皮肉っぽい口ぶりで言っていたように純真無垢そのものだ。しかし、地方のさまざまな中小都市と僻地で彼がしてきたことのほとんどは、小さいながらも公共の建物であったということが異彩を放っていた。写真で見ても、それらはかわいらしいおもちゃのように見える。イ・ヨンビン教授が私に一言、声をかけた。

「現場に行ったことないだろう?」

私は答えず、キム先輩がかすれた弱々しい声で言った。

「パク君はいつも忙しいのだから、現場をまわる時間なんかあるものかね」

「済州島で土の家の実験をした場所には偶然立ち寄ったことがありますよ」

「ああ、あれは中止になったプロジェクトだったね。金にならないものはみんなそんなもんさ」

私たちはそれ以上話すことがなかった。ただ展示場を行き交う人びとを遠くから眺めているだけだった。先輩の余命がもうあまり長くはないだろうということぐらいは、まわりの者は誰もが知っている。おのずと言葉も控えめになる。彼が車いすに乗って病院に帰ると、集まっていた人びとも待っていたかのようにそれぞれに散っていった。

イ・ヨンビンが一杯やるかと誘ってきたが、用があるからと理由をつけて別れた。帰宅して独りでウィスキーを何杯か飲み、ふと思いついてチャ・スナに電話をかけた。なぜそんなことをしたのかわからない。なにか虚しかったのだろう。泥酔して帰宅した翌朝に胸が焼けて目を覚ましたとき、独りで食事をとるとき、下着と靴下を洗濯機でまわすとき、それを物干し台に干すとき、数日間インフルエンザで寝込んでいるとき、そんなとき不意に飢えに襲われたかのように人恋しさがつのる。電話をかけるとすぐに、「おかけになった番号は現在使われておりません。お確かめのうえ、おかけなおしください」という音声が流れてきた。

キム・ギヨン先輩は回顧展を最後に病の床に伏したまま、夏の猛暑も盛りの八月中旬にこの世を去った。いまは一握りの灰になって納骨堂の棚に安置されている。人びとはまたそれを口実に集まり、適当に酒を飲み、互いに愚痴を言い、近況を語り合い、そして別れた。

春に江華島（カンファド）に出かけた日にチャ・スナと話してから、ずっとそのことを忘れていた。キム先輩の回顧展があった日の夜にふと思い出して電話をかけてみたものの、もはや連絡手段はなかった。彼女としばし連絡が取れていたことは夢だったのではないか、そう思われるくらいにどこか虚ろだった。気がつけば、私の住むタウンハウスの石垣に沿って並んでいる銀杏の葉が、もう黄色く色づきはじめていた。

携帯電話にメールが届いたという表示が出ていたが、老眼のせいで読めない。ノートパソコンの電源を入れた。知らないメールアドレスだった。「パク・ミヌ先生へ」とタイトルがついていることから考えて、私宛のメールに間違いない。

この間、変化が少しありました。事情があって電話では連絡できそうにありません。

パク先生と連絡がついてから、しばらくは気持ちが少しざわざわとしていました。忘れていた昔のことが昨日のことのように鮮やかによみがえりました。いえ、忘れるだなんて。わたしはひとときも自分が生きてきた時間を忘れたことなどありません。夫に先立たれ、一人息子を育てる合間合間に過ぎ去った出来事を記しながら生きてきたのです。日記というか、手記というか、取るに足らない文章を書く時間は、わたしがわたし自身を慰めもし、また叱咤もし、それでもよく耐え抜いた、よく生きてきたと激励する時間でもあるのです。

数か月前にたった一人の息子を亡くして絶望の中にいたときに、パク先生が突然ふたたび私の人生へと入ってきました。不思議なことですね。偶然消息に触れることになり、遠くない場所で講演をするということを知ったとき、なぜ思い切って駆けつけることができなかったのでしょう。残念なようでもあり、ほっとするような気もします。写真で見たところ、ずいぶんお年を召されたのですね。その点ではわたしは本当に幸いでした。パク先生は最近のわたしの姿を見ることはできませんから。二十代の美しく可憐なチャ・スナとしてわたしを記憶していることでしょうから。

なぜわたしが突然パク先生にこのような手紙を書いているのか、自分自身も説明が難しいのです。どうしたことか、これまでの歳月をわたしがどのように生きてきたのかを、古くからの友人に昔話をするように語りたいと思ったのです。数十年の歳月がこのようにあっという間に流れていったことを思うと、なにかを恨んでみても仕方のないことでもあります。でも、わたしをよく知る人にだけは、とりとめのない愚痴でもこぼしてみたいというこの気持ちをわかってもらいたいのです。わたしが記したものをパク先生にお見せすることが、先生を煩わせたり、ひょっとしてなにかご負担になるのでなければよいのですが。二人で一緒に図書館で本を借りて読んだり、名作について語り合ったりしたことが、いまでもありありと思い出されます。パク先生と過ごした日々がわたしには大切な思い出であるように、わたしもまた誰かにとって思い出に残る存在でありたいと思うのは過ぎた願いでしょうか。添付ファイルをお読みになりたくなければ、そのまま削除してかまいません。

私は添付ファイルを開いてみた。彼女がパソコンの前に座り、自身の話を一字ずつ打ちこんでゆく姿を思い描いた。そして、すぐさま呆れて笑ってしまった。彼女の言葉どおり、私はいま現在のチャ・スナではなく、二十歳の頃のチャ・スナの姿で彼女を思い出していたのだ。すでに六十代に入った姿はどうしても想像できなかった。太ってしまって講演会場に来ることができなかったというからには、世の女性たちの例にもれず中年太りしてしまったのだろう。初恋の人に会うと後悔するとよく言うが、互いに年を取り、みっともない姿になって会ったとしても、私がしたことを考えれば相手に失望などできる立場ではない。私たちが暮らしたタルゴルは地上からすでに消えてしまい、もはや記憶の中の剝製に過ぎないように、一度過ぎ去ってしまったものは戻ってはこないのだ。

わたしの父と母は十五も年が離れていた。父が一人で釜山（プサン）へと南下して避難してきたのは三十五歳のときで、母は二十歳になったばかりだった。父はただ避難民だったと素っ気なく言っていたが、本当は北の義勇軍として戦場に駆り出され、捕虜になり、巨済島（コジェド）の収容所に入れられていたのだ。並んだところがよかったのか悪かったのか、反共産主義捕虜側に分類されて、釈放されたのだという。父は、ある日、母方の祖父母が暮らしていた影島（ヨンド）の製麺所にくたびれた軍服姿で現れ、仕事はないかと尋ねた。影島の製麺工場はもともと日本人のものだったが、主人が帰国するときに祖父にすべての権利を譲渡していた。

母はわたしと同じように製麺所の娘だった。三つ年上の兄がいたが、朝鮮戦争にひっぱられて帰ってこなかった。わたしは伯父を写真でしか見たことがない。祖父は行方不明になってしまった息子に代わって、人手が足りないときにやってきた父のことを内心とても喜んだことと思う。「森山製麺所」という漢字で書かれた小さな看板を祖父は取らずにそのままにしておいた。だから昔の写真にもその看板が見える。あたり一帯に避難民のバラック小屋が所狭しと立ち並び、祖父の製麺工場は夜通し働いても注文に追いつかないほどだった。母は中学を卒業後、家の手伝いをしなければならず、父のほかにも若者が二人入ってきた。いったい三十五にもなる父がどうして二十歳だった母と夫婦になったのか、最近の流行りの言葉で言えば、その幸運は「前世で国を救うような功徳を積んだ」からなのだろう。父はどんな仕事でもいったん引き受けたら脇目もふらずに打ち込んだ。寡黙で、生真面目な人だった。それで祖父の厚い信頼を得たのだ。祖父とは性格がまったく違う人だった。だから祖父は父に工場の仕事をすべて任せて出歩くようになり、自然と父と母は親しくなっていったようだ。祖母が母の背中を押したのだともいう。工場がうまくいっていたので、祖父はまずは隣の家を買い、裏の家も買い、規模を大きくしていくうちに普段から好きだった酒を飲みはじめ、女のいる飲み屋に出入りしたあげくに別の所帯まで構えた。祖父は母の異母兄弟を作り、やがて家に帰ってこなくなった。工場も家も全部売り払ってしまったので、父は、ひとり残された祖母と母を連れて、何のあてもないままソウルに出た。わたしが国民学校三年生のときだった。父が南にやってきて学んだ技術といえば、製麺の仕事だけだったけれども、それが役に立った。祖母が持っていたお金に加えて借金までして、古い製麺機を一台買った。そして、それなりの町や大きな市場には店を出せないから町はずれのサンドンネに行ったのだが、それがあのタルゴルだ。

わたしが高校生になるまで、その町では女学生はわたし一人だけだった。本を読むのが好きで、成績もよい方だった。わたしのほかに唯一の男子学生がいたが、彼がいつこの町に引っ越してきたのか、はっきりと覚えていない。

わたしは学校から帰ると麺を乾燥させる部屋の屋根裏に本を一冊持って上がっていき、よく閉じこもっていた。そこは、それこそ現実から脱け出してわたしだけの世界に入っていける空間だった。祖母はソウルに来て数年後に亡くなった。暮らし向きは良くも悪くもならなかった。父はわたしたち三人家族が食べていけるだけはきっちり稼いだ。

ちょっと気恥ずかしい話だけれど、町の少年たちがわたしを好きだということぐらいはわたしもよく知っていた。共同水道に水を汲みに来るふりをして、いつでも四、五人の少年たちがうちの家のすぐそばに集まってわいわいと遊んでいた。ほとんどがチェミョン兄さんの兄弟と靴磨きの子たちだった。そのほかにもトマギという子にうんざりするほどしつこくつきまとわれた覚えがある。でも、彼らの中にパク・ミヌはいなかった。パク・ミヌは彼らとは違っていた。わたしには彼らが浮浪児にしか見えなかった。あんな子たちと同じ町に暮らしているということが、このうえなく恥ずかしかった。

あの町の暮らし向きがどれほど貧しいものだったか。ガラス窓のはまっている家は数えるほどだったと思う。ほとんどが板張りの息苦しい窓だった頃に、はじめてわたしの部屋に窓ガラスが入った日の飛びあがりたいほどの嬉しさを、わたしはいまも忘れることができない。中学校に入学したある春の日、父が家にガラス窓を入れたのだ。真昼でも窓を開けなければ室内は薄暗くて、外を眺めることもできなかったのに、夜には布団の中から満天の星を見ることができるようになった。昼にはまぶしい太陽の光がぽかぽかと差し込んでくるのが祝福のように思われた。雨の日や雪の日には、ずっと窓辺にはりついて外を眺めていたものだった。

その日も窓辺に立って外を見ていたら、少し離れたところから練り物屋の息子、パク・ミヌがなにかを持ってわたしの家の方に歩いてくるのが見えた。彼は立ち止まり、少しためらい、迷っているようだった。わたしは彼に見られるのではないかと、すぐにあとずさった。わけもなく胸が高鳴り、顔がのぼせた。少しすると外から「どなたかいらっしゃいませんか」という彼の声が聞こえた。その日、彼は練り物の余りものをひと包み持ってきたのだが、わたしはあれほどおいしい練り物を食べたことがない。

その後も彼は麺を買いに来たり、練り物を届けたりと、ときおりわたしの家に立ち寄った。わたしたちはバス停やバスの中でよく顔を合わせた。二人ではじめて町の外で会った日のことを覚えている。その日は雨が降っていた。彼は傘を持ってこなかったから、わたしの傘に一緒に入ってバス停三つ分も歩いた。傘を持つわたしの手を彼が握ったから、わたしはすぐに傘から手を放し、彼が傘を差して歩いた。雨がかかるのではないかと傘をわたしの方に目一杯傾けて、自分は頭だけが傘に入っているようなありさまだったので、傘を差していても服はびしょ濡れだった。

北部図書館でわたしが借りた本はヘルマン・ヘッセの『クヌルプ』で、彼は『カラマーゾフの兄弟』を借りた。わたしはまた彼と会う約束の日だった本の返却日だけを心待ちにした。図書館からわたしたちの町に向かう途中に軽食屋があった。そこで蒸しパンや甘いお汁粉を食べながら、わたしたちは互いに読んだ本の話をしたのだった。ふと彼が暗澹として漠然とした将来のことを口にした。大学入試を控えた高三の受験生が女学生とこんなふうに会っているなんて、内心は不安で落ち着かないようだった。わたしは成績も良いほうだったし、まだ一年後のことなので少しのんびりしていた。彼はタルゴルを脱け出したいと何度も繰り返した。そのためには勉強しか道はないのだと。

　サンドンネでは、冬になるとリヤカーで練炭を各戸に運ぶのも一仕事だった。練炭屋は、危険だからと配達しようともしてくれない。雪でも降って道が凍ると、縄に二、三個ずつ括りつけた練炭を家族総出で力を合わせて運んだものだった。父は練炭ガスで亡くなった。冬になると練炭中毒で亡くなる人が町で一人二人は必ずいた。わたしも国民学校の頃、軽い練炭中毒になったことがあるけれど、母がキムチの汁を飲みなさいと言うのを、炭酸入りの消化剤[*14]「ガス命水（ミョンス）」を買ってと、いまにも死にそうなふりをしてせがんだことを思い出す。あの頃はコーラやサイダー、ファンタみたいな炭酸飲料がどうしてあんなにもおいしかったんだろう、ガス命水もすっと突き抜けるような味がして、なにかというとお腹が痛いと仮病を使って飲ませてもらったものだった。あるとき、夢うつつでトイレに行きたくなって起き出したのだが、夜明けのほのかに明るい光の中に窓辺に置かれた栄養ドリンク剤「バッカス」の瓶を見つけて、一息にごくごくと飲みほしたことがある。なにかぬるりとしたものが喉をとおってゆき、うっと吐きそうになるのをどうにかこらえて、また眠りについた。明くる日、祖母が、髪につける椿油が一滴も残らずなくなっていると、これはいったいキツネかタヌキの仕業かと騒ぎたてる声に目が覚めて、尿瓶(しびん)に顔をつけてそのまま吐いたのだった。

いつからだろうか、年を重ねるにつれ、あの町のことを考えるとなぜかぽかぽかと温かい気持ちに包まれる。どの家もどういうわけだか子どもがたくさんいて、にぎやかな笑い声が昼も夜も路地に溢れていた。塀越しに殺せの、死ぬの、生きるのと大声で叫び、殴り、泣きわめいても、朝になると仕事に出かける一家の大黒柱に弁当を用意し、ぱんぱんに腫れた顔で送り出すおかみさんたちの姿をしばしば見かけたあの場所。共同水道に集まって洗濯したり、水を汲んだりしていた光景が、胸の痛くなるほど懐かしいときがある。雨の降る日は、みんな狭い部屋にこもって静まり返っていた。防水シートの屋根に落ちて軒先へと流れ落ちる雨の音は、甘やかな午睡への誘いだった。

彼がはじめてわたしの手を握った日を思い出す。ある日、わたしたちは町を少し脱け出してみることにしたのだった。その日は光化門まで出て、『ある愛の詩』を見た。オリバーとジェニーが雪合戦をするシーンはいまでもありありと覚えている。ジェニーが白血病で死にゆくときには、わたしははらはらと涙を流した。そのとき彼がわたしの手を握ったのだと思う。わたしは手を握られたまま、片方の手で頬に伝わる涙を拭いた。

彼が一流大学に願書を出して不安がっていたことや、合格したときにはタルゴル市場の人びとはもちろん、町中がめでたいことだと大騒ぎになったことを、どうして忘れることができようか。その年の冬は世界中がパク・ミヌのもののようだった。休み中だったので、彼と一緒に三日にあげず出かけた。

わたしもすぐに高三になった。大韓民国最高の大学に進学したパク・ミヌを町で見かけることは、次第になくなっていった。しばらく連絡がつかず、市場に練り物を買いに行ったときに恥ずかしさをこらえて、ミヌ兄さんはいつ家に帰ってくるのかと聞いたこともある。彼は数か月に一度家に帰ってきても、ほんのちょっと店に寄って昼食をかきこむと、すぐにまた行ってしまうのだということだった。金持ちの家に住み込みの家庭教師として入り、学費は自分で稼いでいるというから、わたしも彼に負けずに頑張ろうと、一生懸命勉強した。一年だけ頑張れば、わたしもこの町を脱け出せるのだと、歯を食いしばった。

ここで話がぷつりと途切れた。チャ・スナは私に何を言いたいのだろうか。なぜわざわざ自分の話を長々と語るのだろうか。そしてこの話の結末は何なのだろうか。さまざまな疑問が数珠つなぎになってゆく。ぼんやりしていた記憶が、一つ、また一つ、鮮明によみがえりはじめた。彼女が記憶していたように、私は大学に進学して少しもしないうちに、タルゴルには旅行者のようにたまに立ち寄るだけになっていた。そのうちに軍隊に入隊して、自然とタルゴルから遠ざかっていった。除隊後に復学してからは就職準備をするために、卒業後はヒョンサンで我を忘れて仕事に打ち込んでいたために、一年に一、二度立ち寄るかどうかだった。留学する頃には、わが家は賃貸の家を出て新しい家に移り、それから間もなく父が亡くなった。その後、十年あまりの間に、あちこちのサンドンネが都市再開発の整理地区となり、隣人たちはちりぢりになった。

ともかくも、私は運よく名門大学に入学したことで他の道に進む幸運をつかんだ。サンドンネに暮らしていた頃は気づかなかったことが、いったんそこから脱け出すと目に入ってきた。まず、あのサンドンネでは、近所の人びとはほとんど全羅道出身だったのだ。慶尚道出身の者たちは、私たち家族やチャ・スナの家族のように、もやしの鉢にうっかり紛れ込んで根を下してしまったインゲン豆のような存在だった。どん底ではそのような違いは何の意味もないことだったが、いったんその狭い世界から脱け出すや、慶尚道出身という点が彼らとはまったく違う条件になった。慶尚道出身の将軍と政治家たちが徒党を組んで政権を握り、企業家たちも慶尚道出身者が多かったからか、官公署や会社で慶尚道訛りの抑揚を聞くだけでもお互いに安心するという具合だった。あのとき両親についてソウルに行かず、私ひとりが霊山に近い大邸に出て、そこで高校を卒業していたなら、もっと有利だっただろうと思われるほどだ。もしそうだったなら、もっと確かな人脈を築くことができただろうし、苦労も半減していただろう。友達の友達が同窓だとか、家系図をたどれば姻戚だとか、故郷が近い人びとが要所要所で関わっているのだから。

大学に入学するとすぐに朴正熙の維新独裁政権[*15]がはじまり、世の中が騒がしくなった。毎日のようにデモがあり、そこに休校令までもが重なる。学校に行ってみれば、ある日いきなり拘束されて教室に現れなくなる同級生が増えていった。私は二度とタルゴルには帰らないつもりだった。目隠しをしたロバのように、図書館と教室とを黙々と往復し、ほかのことには目もくれなかった。その合間に複数の受験生の家庭教師を数時間ずつこなしてまわり、学校の近くの下宿に帰ると倒れ込む、というのが当時の私の日常だった。

下宿の部屋は地方出身の他の学生と一緒に使っていた。他人と一つの部屋を使うだけでも不便であったのに、炊事も共同で、同じ釜の飯を食うというのはひどく面倒なことだった。しかもその学生は中途半端な運動家だった。私の目にはそのように映った。いっそのこと民衆のために工場に勤めるなり、農村に行くなりすればよいものを、印刷物やら不穏図書やらを隠し持ってきては、部屋で何人かで学習するというのがせいぜいだったのだ。この学生のせいで下宿を出て住み込みの家庭教師をはじめたのだが、それも幸運な選択であった。役場の書記だった父の身分ではめったに近づけなかった人びとの世界に入る機会をつかんだのだ。

若いときにはこうも冷ややかに世の中を眺めたりはしなかった。間違ったことに抵抗する人びとを理解していた。理解しながらも、耐えねばならぬのだと固く心に誓い、自分を押さえていた。そうやって耐えているのだということをもって、私は自分を許していた。歳月とともに、それは一種の習慣となり諦念となった。表には出さずとも自身と周囲を冷ややかに眺める習性が身についた。それが成熟した態度なのだと考えた。大多数の人びとが息のつまるような貧しさから一息つけるようになった八十年代を経て、この挫折と諦念は日常になり、小さな傷は盛り上がってタコになってしまった。足の指の魚の目が煩わしいならば、どうにかして取るべきだったろうが、いまではもう体の一部だ。ふとした拍子に靴下の中のわずかな異物感をかろうじて自覚する。ただそれだけだ。

＊13【父親と酒を飲み、煙草を一緒に吸うのを見て少し驚いた】韓国では社会倫理として目上の者がいる場で酒を飲んだり、煙草を吸ったりすることは慎むこととされていた。

＊14【ガス命水】一八九七年に発売された消化剤「活命水（ファルミョンス）」（同和薬品）が韓国では有名であるが、それに炭酸を加えた消化ドリンク剤「ガス命水」（三省製薬）が一九六五年に発売され、現在も販売されている。

＊15【維新独裁政権】朴正煕大統領は一九七二年十月に非常戒厳令を宣布、憲法を自らの手で改正して「維新体制」を確立。より強力な独裁体制となった。

6

錠前が二つもついた部屋のドアを開けると、もうすっかり馴染んだ臭いが迫ってきた。いろいろな臭いが混ざっているが、なんとなく冷気をはらんだカビの臭いが一番強い。斜面を掘って建てられた家なので、この部屋はコの字型に、入口だけが外界とつながり、あとはほぼ地中に埋まっている。地上にやっとのことで顔を出している正方形の小さな窓は鉄格子で塞がれていて、ときおり窓を開けてみれば、目に入るのは路地を行き来する人びとの足だけ。しかも、部屋の奥の壁は防水処理がきちんとされていないのか、夏は湿気で、冬は室内外の温度差のせいでいつもじめじめとして、カビが一面に広がり深く根を張っている。去年の梅雨の頃に一度水が溢れて、それが引いた後にさらに状態が深刻になった。キム・ミヌは、こんなところに住んでいては健康な人でも病気になると言って、防水液を買ってきて撒き、その上から発泡スチロールを当てて、さらに壁紙を張ってくれた。なのに、冬に入ってカビはじわじわとまた広がりはじめた。今年の夏は雨が少なかったのに、カビは猛烈な勢いではびこっていった。漂白剤を浸した雑巾で懸命に拭いても、そのときだけだ。シミが大きく広がっているのを見ながら寝転がっていると、突然窒息するみたいに息が詰まり、発作的に大声をあげたくなる。それでも、これからようやく乾期がはじまる、そうなれば数か月はそれなりに暮らせるはず。わたしはいまさらながら考え方を変えてみる。マットレス一つ、部屋の片側にシンクとガスコンロ、電子レンジ、中くらいの冷蔵庫、やはり暗い多用途室[*16]に洗濯機、合板の机と椅子が一つ、たんす、部屋の天井とシンクの上の天井に青白い蛍光灯二つ、全部でこんなにある。わたし一人でこのくらいなら、家財道具もかなり多い方ではないか。家賃がひと月ふた月遅れてもあまりうるさく言わない家主の立場からすれば、わたしのような入居者を探すのは難しいだろうし、わたしもまた家主にあれこれ言える立場でもないので、身のほどをわきまえて耐えて暮らしているのだ。

古いマットレスの上に身を横たえ、しばらくぼうっとしていた。でも、なんだか眠れそうな気がしない。起き上がってパソコンの前に座った。ここ数か月不眠症に悩まされてろくに食べられなかったせいで円形脱毛症になり、部屋のあちこちに散らばっている髪の毛が気に障る。夜通しコンビニで働いて帰り、ぐったりと倒れ込んでそのまま甘い眠りに落ちたのは、いったいいつのことだったか。

最近、わたしがすることといえば、コンビニで働く時間以外は家に籠って夢うつつでインターネットをしたり、ひとりで思いつくままに文章を書いたりするぐらいだ。少し前から、公演の仕事もやめてシナリオ公募にでも応募しようかと思って作品を準備しているのだが、演劇の台本を書くのに慣れてしまったせいだろうか、映画的な構想を練るのはたやすくない。

インターネットで多くの情報に触れることができるので、外出しなくても世の中の動きはよく見える。文章がうまく書けないときは、違法ダウンロードした映画を見たり、ときにはゲームもする。文章を書くのであれ、ゲームであれ、舞台であれ、わたしにとっては仮想世界だ。最近はじめたゲームは、なんというか、とても創意工夫に満ちている。ネットで花札をしてもこれほど面白くはない。とにかく相手がいるゲームであるだけに、ミスをしないためには準備をぬかりなくしなければならない。最近新しく作ったフォルダを開く。フォルダの名前は「ネコジャラシ」だ。いままで書いてきた内容をしっかりと読みなおしてみる。昨夜は頭痛がひどくなって途中で作業ができなくなったから、中途半端に終えた文章の最後のところでカーソルが点滅している。改行して、「いま考えてみても、あのときのことはわたしの生涯における大きな事故だった」と書いたところで、じっくり考えてみた。わたしなら、果たしてこんな告白ができるだろうか。なんとなく違うようにも感じる。ここからの話はほんとうに書きにくい。

ネットを開いて、メールを確認する。いらないメールを迷惑メールとして削除しながら、数日前に送ったメールの受信確認をする。既読。でもまだ返事はない。わたしは何を待っているのだろうか。

わたしはインターネットのメインページにアップされているあらゆる記事に目を通す。生活に追われているからだろうか、最近になって凄惨な殺人事件が増えた。よくよく見れば、たいていは金がらみだ。建設関連の記事を読みながら、わたしは検索エンジンにパク・ミヌという文字を打ち込む。それがすっかり習慣になっている。彼に関する情報がいっせいに上がってきた。パク・ミヌが漢江デジタルセンターのプロジェクトを請け負ったという、ずいぶん前の記事も目に入る。一連の記事、ブログ、インターネット上のコミュニティサイト、さまざまな彼の写真、動画、ツイッター等々、一人の人物を知るのに必要な情報が溢れかえっている。しかし、それは本当に彼を語り尽くしているのだろうか。わたしは少し前に彼が書いた『空と有の建築』という本を一冊購入した。一日六万ウォンの稼ぎなのに一冊一万五千ウォンもする本を買うだなんて。たいていはまず図書館で借りてみて、本当に必要な本でなければ買わないこのわたしが、それこそ身を切る覚悟で買ったというわけだ。けれども、彼の文章は単に建築に限定されているというよりは、多くの物語を含んでいて、本を買ってよかったと思った。パク・ミヌの講演会に行って聞いた講演内容の相当部分が文章にも反映されていたが、彼がどんなことを考えていて、どんな哲学を持った建築家なのか、その文章を読めばより鮮明になる。

パク・ミヌとキム・ミヌ。名前が同じという理由だけで、わたしはやたらと二人を結びつけようとした。わたしがそれとなく二人のミヌの関係についてあてずっぽうに聞いてみたとき、キム・ミヌのお母さんは呆れたように笑って言った。あんたの想像力ってそんなもんなの？ドラマの脚本じゃあるまいし。ふたたびパソコンの画面に視線を戻す。インターネットの画面を閉じて、ホーム画面のフォルダのうちの一つを開く。「黒シャツ」。

去年の梅雨時、わたしが住んでいる半地下の部屋が浸水したときのことだ。わたしは到底家の中に入る気になれず、黒シャツに連絡すると、彼はおんぼろのジープに乗ってやってきた。わたしたちは二人とも無言で部屋と台所に流れこんだ泥水を家の外にかき出した。部屋もベッドも濡れて、数日間は家に入ることができなかった。わたしは、やはり地下の小劇場の舞台にキャンプ用のエアマットを敷いて過ごした。それを見たキム・ミヌが、それならうちに行こうと言った。結局わたしは彼の実家で数日の間お世話になった。結婚するような間柄でもないのに実家にまで行くのは気が重かったが、これといってよい方法もなかった。

キム・ミヌの実家は富川にあって、小さな部屋一つにキッチン兼リビングのついた五十平米ほどの賃貸アパートだった。わたしたちがドアを開けて入ると家には誰もいなかった。キム・ミヌはラーメンを作って、小さな丸いお膳の上にキムチと一緒に出してくれた。十二階なので窓からは気持ちのよい風が入ってくる。わたしの半地下の棲みかに比べれば、ここはまさに人間の家だと思った。ドアからキッチン兼リビングに至る廊下の壁には、この家に似つかわしくない長い本棚があったのだが、ずらりとたくさんの本が並んでいて少し驚いた。わたしが読んだことのある本もあり、読みたいと思っていた本もあった。

「本をたくさん読むんだね、これ、ミヌさんの本でしょう？」

「母さんが本好きでね……おかげで僕も読むようになったよ」

キム・ミヌが掃除機をかけはじめ、わたしも彼を手伝ってシンクやトイレを掃除した。彼のお母さんは夜十一時を過ぎて帰宅した。あとから聞いたことだが、彼女は中心街の大型スーパーで働いていた。六十代前半にもかかわらず、きれいで、少女のように見えるところがあった。ただ、体つきは丸く中年太りしていた。彼女はわたしの来訪が嬉しかったようで、近所のコンビニでビールとつまみを買ってきたり、果物を剥いてくれたり、ばたばたと落ち着かない。わたしたちはアルミ製のお盆のような旧式の食卓を囲んで座った。

「この子の部屋が水に浸かってしまったんだ。数日間だけここにいさせてあげてよ」

キム・ミヌがお母さんに頼むと、彼女はこともなげに応じた。

「わたしたち、なかなか顔を合わせる時間がないじゃない。家族がいれば、わたしも嬉しいわ」

お母さんはわたしに、何をしているのか、家族はどこに暮らしているのか、息子とはどんな関係か、というようなことは聞かなかった。ただ、いくつなのかと聞いた。二十八と答えると、あら、いい年頃よねえ、と言った。分別はついているだろうし、世間の厳しさもある程度は知っている、それでいて若くて活力があるじゃない、ということだった。

「とんでもないよ、世間知らずなんだ。そうでなければ会社を辞めて演劇なんかするわけないじゃないか」

キム・ミヌが言い、お母さんがわたしの顔をあらためてまじまじと覗きこんで、うなずいた。

「それでもすごいわ。演劇で身を立てよう、ってことでしょう？」

息子は時計を一度ちらりと見ると立ち上がった。

「僕、帰るよ」

「あら、せっかく来たんだから、泊まって行きなさい。お客さんもいるんだし」

「明日、朝早くから仕事で行くところがあるんだ。ウヒさんはしばらくここにいてくれよ。母さん、いいよね？」

「わたしはかまわないってば」

キム・ミヌが住まいにしている安下宿に帰ったあと、お母さんとわたしは残ったビールを飲んでしまおうと、零時を過ぎるまで一緒に座っていた。

「ウヒは結婚しないの？」

彼女がふと尋ねてきたとき、わたしは驚かなかった。その頃、まわりの大人たちが必ず口にする言葉だったからだ。わたしはただ力なく笑った。

「わたしたち、みんな、あきらめて暮らしてるんですよ」

「愛し合って暮らせば、それでいいじゃない。金持ちでも、貧乏でも、うわべはなんでもないふりして暮らしているけれど、本当はみんなわびしいものなのよ。わたしたちみたいな者たちはいつも同じね。よくもならないし、変わることもない」

「でも、お母さんはちっとも苦労したように見えませんよ。まだ若いし、きれいだし、お金持ちの奥様みたいです」

わたしの言葉を聞くや、キム・ミヌのお母さんは笑いながら応じる。

「あら嬉しいこと言ってくれるわね。わたしもウヒぐらいの頃はきれいだって言われたこともあったのよ」

わたしはその家でその日から四日間を過ごし、その間にキム・ミヌは友達を呼んでわたしの家の排水口を修理し、部屋の壁紙の張り替えもしてくれた。

キム・ミヌのお母さんは口数がそれほど多いというわけではないが、明るくて、柔和な人柄で、わたしが演劇の台本を書いていると言うと親近感を持ったのか、ずいぶんいろいろな話をしてくれた。昔は随筆を書いて、女子高の校内新聞に載ったこともあるという。ミヌの父親が本好きな人だった、とも言った。父親は事故で寝たきりになり、早くに亡くなった、ミヌは私たち夫婦にとっては当時としては遅くにできた子だった、ミヌの父親に出会う前に女の子を産んだが、麻疹で亡くした、以前はこのあたり一帯桃畑で、春になって桃の花が満開になると、ミツバチがハエよりも多くなったと、そんなことを話した。お母さんは、数日間お世話になったわたしが家に帰ろうという日に、ふと言った。

「わたしと一緒に住めばいいのに」

「ありがとうございます。ちょくちょく遊びに来ますね」

ある日、キム・ミヌが突然尋ねた。

「ウヒさんは何のために演劇をしているの?」

わたしはしばらく答えることができず、妙な間があいた。普段はこんな風に突き詰めて尋ねられることがないので、少し戸惑った。

「それは、まあ好きなことだし……」

「ウヒさんはずっと演劇をつづけたいけど、生活ができないからアルバイトをしているわけで、じゃ、僕はどうしてこんなふうに暮らしているんだろう」

「そりゃ、したいことをするべきだけど、生活できないという点ではミヌさんもわたしも同じじゃないの?」

キム・ミヌはいつものように訥々とゆっくり言った。

「いや、同じじゃない。僕はウヒさんみたいにやりたいことがないんだ。僕はただこの世の中に僕のような人間も存在しているってことを確認するために、手当たり次第に仕事をしているような気がする。人は誰も明日を想って今日を生きているのに、僕はこの十年、地に足をつけられずにふらふらしていた。それでも毎年ひやひやしながらどうにか再契約をするうちに、いつの間にか一緒に働いていた連中は消えていなくなってしまった。そうこうするうちに僕もクビになった」

彼は秋に巣から追い出されるオスの蜂について話した。肌寒い午前中は死んだようにじっと壁や木に止まっているが、秋の日差しが暖かい昼になると、萎れた菊の花のあいだからふらふらと飛び立つのだと。食糧が減るからと、働き蜂が巣には入れてくれず、役割を終えたオスの蜂たちには帰るところもなく、そうやって一日二日さまよったすえに霜の降りた地面に落ちて死ぬ。彼は西部劇の話もした。開拓民は定着地にたどりつくと、地平線へと馬を走らせて、旗を差し、周辺の土地数万坪を自分のものにする。そんなふうにして全国民を済州島や南海岸あたりに集めて、それぞれ旗を持って走る陣取りゲームをさせたらどうなるだろう。たぶん自分のようなヤツは、母親の賃貸アパートにやっとのことでたどり着いて、母子二人で狭い部屋の隅に寝転がって、ほっとして胸をなでおろすだろう、と言った。

彼が解雇される前の最後の現場は立ち退き地域で、建物撤去作業員を管理する課長の補助だった。彼のような臨時職、課長や次長などの正社員、そして人材派遣会社から送られた日雇いの労働者たちの誰もが、このような事業がどのように進行していくのか、わかっていた。建設業界というのは、コンサルティング事務所と都市計画委員会、そして市議会議員や区庁などの関係が蜘蛛の巣のように張りめぐらされていて、利権にあずかる組合推進委員長と代議員たちを先頭に立てて一気に開発を推し進めるのだ。タルトンネ[*17]（月の町）の住民たちは、その場所に新しく建つというアパートに入居できるだけの経済力がないので、どこかに行かなければならない。開発に巻き込まれて家を失った人びとは、すでに何度もこのようにして移転をくりかえしていて、もう行くところもない。ここが、十か所以上さまよったすえにどうにか落ち着いた場所だという人がほとんどだ。彼らは粗末な抗議の垂れ幕まで作り、子どもから老人や女たちに至るまで隊列を組んで叫んでもみるが、ショベルカーを先頭に押したて、鉄パイプとハンマーを手に宇宙人のように突進してくる撤去作業員たちを前にして、わずか数分で崩れてしまう。

以前のタルトンネ整備事業の頃には、それでも一軒ずつ訪ねてまわって説得し、印鑑をもらったりもしたというが、このごろでは再建築組合会議で処理してしまう。会社では、できるだけ流血事態にならないように身体接触や暴力は自制するように前もって注意をするが、それものちのち責任は会社にないということを明確にするための形式的な行為に過ぎない。押したり、引いたり、転がしたり、罵ったり、侮辱したり、女こどもの服を破いたり。血の気の多い者は、相手の横っ面を張り飛ばして押し倒す。町の中でも比較的まともな建物をショベルカーが轟音をたてて容赦なく壊しはじめると、抵抗する人びとの間から無力な泣き声と悲鳴があがる。おおかたは、最初の三、四日ほど抵抗がつづくものの、倒れた家々の残骸とごみが道を覆いだすと一軒、二軒と町を出ていき、住民共同体は家とともに木端微塵になってしまう。

キム・ミヌは撤去作業のあいだ、ちょうど手頃な空き家を見つくろって、作業員たちとともにそこで寝泊りして現場を守った。立ち退き地域が爆撃を受けたかのように建築廃棄物で完全に覆いつくされ、列をなしてやってきたトラックが残骸をきれいに片づけてしまえば、巨大に見えていた町は、都市の周辺の建物のはざまの小さくてみすぼらしい空き地となって本来の姿をあらわにする。キム・ミヌは撤去現場でひと月ほど過ごし、作業員たちと一緒に寝泊りするうちに自然と友達になった。なにか言うたびに下品な言葉をくっつけて吐き出す同世代の荒くれ者と親しくなった。作業班長だったその男は傷害で前科二犯だった。作業においては撤去専門の要員と警備の要員を適切に配置するものであるが、警備要員というのは体格がよく、肉弾戦もできる者たちで、建設現場だけでなく労働争議の現場にも派遣される。班長はキム・ミヌと一緒に酒を飲みながら、俺の夢が何かわかるかと聞いた。

「すごいな。まだ夢があるんだな」

「俺がムショで一緒だった奴がいるんだ。そいつは顔もよくて、いかにもヒモみたいなツラしてるんだよ。クラブのバンドをやってたって言ったっけな。そいつが毎日就寝時間になにか描いてるんだ。むりやり取り上げてみたらなにかの設計図みたいで、これ、なんだ？って、聞いたら、果川（クァチョン）競馬場だと言うんだ」

「なんだ、競馬でひと山当てるのが夢なのか？」

「ひと山は合ってるけどな、そこを襲うってのさ」

作業班長は出所後にバンドマンに会うことはできなかったが、その計画を忘れることができず、みずから競馬場に行って偵察してみた。数十か所の発券所があるが、そのうち一か所にだけ週末に数百億ウォンが集まる。各発券所には女性職員と警備が一人ずつ勤務し、出入口には自動ロックがかかっている。番号は人が出入りするたびに変わり、非常時には自動的に閉鎖される。発券所の女性職員を仲間にするのが一番手っ取り早い方法だろう。少なくとも四名の共犯が必要なはずだ、と彼は付け加えた。

「映画の見すぎじゃないか？」

キム・ミヌの言葉に班長は特に何も答えず、携帯電話で撮ってきた競馬場付近の写真を何枚か見せてくれた。とにかくそんな大きな夢を抱いている作業員の男と、キム・ミヌはひと月あまり一緒に過ごした。

あるとき、ショベルカーの運転手が作業上の問題を知らせてきた。丘の一番端にある家の家族が最後まで粘っていて、そのあたりの整理をするのに苦労しているということだった。キム・ミヌが警備の作業員を数人連れて駆けつけると、ショベルカーは垣根を壊して庭の中に入り込んだ状態で、エンジン音を立てたまま止まっていた。ショベルカーの前には老人が寝転っており、息子と思われる中年の男が角材を振りまわしながら立っている。女が二人、子どもが三人いた。子どもたちのうち、十代とおぼしき痩せっぽちで背の高い少年が身をよじらせながらなにか大きな声でわめいていた。班長はいつものように指示した。

「なんだ、大人はたった四人じゃねえか。さっさと引きずり出しちまえ」

作業員たちにとってはこんなことは朝飯前のことなので、慌てずゆっくり彼らに近づいていった。落ち着いてください。このままでは怪我をしますよ。そんなことをしてみたところで、もうすべて終わってしまったことですよ。家族四人のそれぞれに作業員が一人ずつついて、一言ずつ声をかけて、なだめすかして、外のほうへと引きずっていった。女たちはもがき、老人はただじたばたしながら引きずり出されたが、家長らしき男は角材を振りまわして抵抗した。キム・ミヌと同宿していた班長が、男が振りまわしている角材を手でぱっと摑み、ぐるりとひねって奪い取り、遠くに放り投げてしまった。子どもたちは泣きわめきながら、引きずり出される大人たちのあとを追った。ところが、痩せっぽちの少年だけはなにか奇声を上げて、巨大な手のように動きはじめたショベルカーに向かって走っていく。声をかける暇もなければ、止める間もなかった。少年は方向を変えたショベルカーの先端にまともにぶつかった。少年の細い体が風に飛ばされた洗濯物のようにゆらりと舞い上がり、どすんと落ちた。あわててエンジンを切り、運転手が運転席から下りてきた。運転手はセメントブロックの残骸の上に倒れている血まみれの少年を見つめ、それから作業員たちの方に顔を向けて叫んだ。

「みんな見ただろ？　あいつが飛び込んできたんだよな」

腕力で引きずり出された女が、金切り声を上げて倒れている少年に覆いかぶさった。班長がキム・ミヌに言った。

「まずいことになったな。早く救急車を呼べ」

キム・ミヌは救急車を呼び、本社にも電話した。血まみれの家族が狂ったように彼らの方に駆け寄ってきた。少年はその場で絶命した。知的障害者だったそうだ。記者たちが押し寄せ、工事はしばらく中断された。キム・ミヌは本社に行き、一か月ほどの待機の後に解雇された。彼は友達になったあの班長に二度と会うことはなかった。果川競馬場は週末のたびに大勢の人でごったがえしたが、何も起こりはしなかった。

＊16【多用途室】アパートの台所に付いている小さな空間。洗濯機を置いたり、そのほか多様な用途で使用される。

＊17【タルトンネ】サンドンネと同様、都市の山の斜面に形成された貧民街。名のいわれは、より月に近いからとも言われる。

7

人の記憶というものは、同じ状況を経験しても時間が経てばすっかり忘れてしまったり、そのときどきの気持ち次第で歪曲されたストーリーとして残り、それぞれが異なる話をすることがある。チャ・スナと私の場合がそうだ。彼女は、私が大学に行ってからあっさりと彼女とタルゴルを忘れたかのように誇張して描写したが、必ずしもそういうわけではなかった。

チャ・スナが送ってきたメールをもう一度じっくりと読むうちに、大学に入学してはじめてサンドンネに行ったときのことが思い出された。一学期が終わって、ようやく学校と下宿の往復から脱け出して、少しの間サンドンネに帰ることができた。私は午後から店に出て、父に代わって練り物を揚げる仕事を手伝った。働いていた女性の一人が天ぷら鍋で手をやけどして辞めたため、人手が足りなかったのだ。夏は暇な時期で、商店や軽食屋からの注文数がそう多くもないので、冷たい風が吹きはじめる頃まで人は増やさないことにした。じめじめと蒸し暑い梅雨時でも練炭の火で煮えたぎっている天ぷら鍋の前で働いていると、背中にも胸にも汗がだらだらと流れた。それに比べれば、機械で魚肉をすりつぶして、おからとでんぷんを混ぜる作業はまだ楽だった。ほんの数日の間だったが、片足が不自由な父の数年にわたる労働がなまやさしいものではなかったということを、私は骨身にしみて感じていた。

両親は、私が大学生の休みの期間に店を手伝うことを歓迎していないようだった。母はあたりの商店主たちに大学生の息子を自慢するのに忙しかったが、寡黙な父は客が多くなる夕暮れ時になると、しきりに私を油の鍋の前から追い出そうとした。

私は以前のように破裂したり形の悪い練り物の包みを一つ抱えて、中央通りに向かった。製麺所の板戸を開けて入るとスナの母親が私を歓迎した。

「あらまあ、いつの間にこんなに大人になっちゃったの？　外で会ったら誰かわからないわね」

スナの母親が大きな声で言うものだから、彼女の父親も姿を見せ、そのあとから彼女も顔を出した。ところが、スナの顔はひどくやつれていて、表情も暗い。彼女は無言で頭を少し下げると、逃げるように部屋の中に入ってしまった。

私は姉も妹もいない家で育ち、私たちの時代には男女共学もほとんどなかったので、女性に対しては無知だった。なぜ、あのように、スナの私に対する態度が冷淡になったのか、理解できずひどく困惑した。その一方で、いま自分は呑気に同じ町で知り合った可愛い女の子にうつつを抜かしている場合なのか、と恥じいる気持ちもあり、果てしなく遠い将来を切り拓いていくためにはしっかりしなくてはいけないと、みずからに言い聞かせることで寂しさをまぎらわした。

現代劇場の裏通りにあるチェミョン兄さんの靴磨き場に寄ってみた。そのときにはチェミョン、チェグン兄弟も力をつけて、通りの建物の一階に七坪ほどの仕事場を持っていた。以前の裏通りの隅に角材で柱を立てて天幕を張った靴磨き場から、いまでは立派な店舗を構えるようになったのだ。店舗は、チェミョン兄さんが机と椅子を置いて座っている奥の空間と、靴磨きの子らが折り畳み椅子と釣りに使うような携帯椅子とをずらりと並べて靴を磨く空間に分かれていた。片側の壁に、集めてきた靴を順番に磨いては掛けてゆく。直接店に出向いてきた客は、新聞や週刊誌を読みながら靴が磨きあがるのを待つ。彼らはいまでは劇場と喫茶店の脇をなわばりにするのではなく、三叉路一帯をまわって靴を集めてきていた。チェミョン兄さんのもとには十数名、チェグンも八名を引き連れてタルゴル市場の入口に堂々とした本部を構えていたのだ。

私は遅ればせながらテコンドーの師範の話を伝え聞いた。師範はチェソプ兄さんに失神するほど殴られてからしばらくの間は消息がわからなかったが、トマギを通じてチェミョン兄さんと正式に勝負をつけようと挑戦してきた。条件は、決闘は夕方六時に通りの向こうの国民学校の運動場で行い、喧嘩の張本人である師範とチェミョン兄さんに加えて、互いに一人ずつだけ立会人を連れてくる、ということだった。チェソプ兄さんはもともと家に寄り着かない人だったし、前科もあるので、師範を叩きのめした後はサンドンネに姿を現さなかった。どうやらトマギは、チェミョン兄さんくらいなら自分が師事する師範が簡単に倒せるだろうと思っていたようだ。だが、チェソプ兄さんよりはチェミョン兄さんの方がさまざまな武術を身につけている。兄さんが実戦に長けた町の強者だということを彼らは知らなかった。とはいえ、彼らからしてみればチェミョン兄さんは、兄さん本人も言うようにこの町で金を稼いで暮らしている身であったので、問題を起こすわけにはいかないという弱点があった。それに比べてチェソプ兄さんは前科者で、家も出ていたから、何をするにも自由で、臨機応変にどんな手でも平気で使うゴロツキであって、そのチェソプ兄さんに師範が巻き込まれてしまったのだというのが彼らの判断だった。チェッカニとチェミョン兄さんは久しぶりに私の顔を見ると、意気揚々と大げさな身振りで事の顚末を詳しく聞かせてくれた。チェッカニが言った。

「えーと、五月だったかな、たぶん。そのあと師範がすぐに道場をほっぽりだしちまったのを見れば、飯のタネも体面もみんな賭けてたんだろうな」

夕方六時の運動場にはボール遊びをする何人かの子どもたちと、大人の自転車を持ってきて転んだり後ろを支えてもらったりしながら自転車の練習に熱中している小学生が数人いるだけだった。チェミョン兄さんはチェッカニを連れていき、校門の前で待っていたトマギと師範に会った。他人の目もあるから静かなところに行こう、と師範が言った。校舎の裏手が静かだ、とチェミョン兄さんが答えた。そこは学校の塀に遮られており、後に駐車場が作られたくらい広い裏庭だった。

師範は道着姿にジャンパーだけをひっかけていた。チェミョン兄さんはそれでも靴磨き屋の社長なので安物の背広を着ている。ジャンパーを脱いでトマギに預けた師範が、首を左右に振ってボキボキと音を立てて体をほぐしてから、帯をもう一度ぎゅっと締めなおした。チェミョン兄さんも上着を脱いでチェッカニに渡すと、首のあたりのワイシャツのボタンを二つ三つ外した。二人が向き合って構える。そろそろと動きだすと、まず師範のほうからが飛びかかってきてまわし蹴りをした。チェミョン兄さんはそれをかわして、すぐさま隙をついて相手の襟首を摑んで、その体を腰に乗せて投げ倒す。起き上がろうとする師範の顔を容赦なく握り拳で殴りつける。一発、二発、三発、師範はテコンドーの技をろくに使うこともできないまま前回のように昏倒してしまった。

対決を終えるのに五秒もかからなかった、とチェッカニは言った。チェミョン兄さんは気が抜けたように眺めているトマギに一言、声をかけた。

「こいつを信じてこの町で暮らしていけるのか？　よく考えてみな」

チェッカニは、武術で数十段だと言われても信じない、やっぱり実戦の経験を積んできた者にはかなわないのだと、まるで自分がチェミョン兄さんにでもなったかのように得意げに言った。チェミョン兄さんの言葉どおり、師範はこの町を出るつもりで決闘を申し込んだようだった。自分のテコンドーの実力でチェミョン兄さんの手足でもへし折って道場をたたむつもりだったのだろう。結果的に、師範はこの町でテコンドーを習う弟子を募集するのがさらに困難になり、俗にいうところの「恥さらし」になって去っていった。

トマギはそれでも落胆する奴ではなかった。奴はチェミョン兄さんに会うと形ばかりに「こんにちは」とかなんとか挨拶して、さっさとその場から姿を消すのだが、チェッカニと出くわすと威嚇するようにこう言う。

「おまえの兄貴に夜道には気をつけなって伝えろ」

チェミョン兄さんの言いつけで、チェッカニの仕事場ではときどきトマギの仲間に飯代をやったりもした。チェッカニが癪に障る、悔しいと抗議すると、チェミョン兄さんは言った。

「みんな腹が減ってるんだ。憎いやつには餅をやる、っていう言葉があるだろう。そうやって少しずつ分け合わないとだめだ」

その年の夏休みの直前に、トマギはこの町で絶対に許されないことをやってしまった。チェミョン兄さんは仕事場の事務所の前にある小さな店に私を連れて行った。兄さんはビールを二本頼んだ。なんとなく彼の私に対する態度が以前とは違うのだが、彼らの言うところの少し丁重な言葉遣いをしているのだった。兄さんは、大学生になった私がもはや子どもではないことを認めていたというだけでなく、彼らが立ち入ることのできない世界へと一段上がったことに若干の畏敬の念を持っていたようだった。

「君もトマギを知っているだろう？　あの野郎を締めなくちゃならねえ」

チェミョン兄さんはビールを瓶のまま音を立てて飲んだ。

「くそっ、はらわたが煮えくりかえるぜ、まったく。俺の話を聞いてくれ。ちょっと前に、学校から帰ってくるスナをトマギの野郎が待ち伏せて無理やり連れ去ろうとしたことがあってな」

制服の上着が破れ、スカートが泥だらけになって、泣きながら尋常ではない様子で共同水道場に飛び込んできた彼女を町の大人たちが数人見かけており、チェッカニの靴磨き場の子らも見たと言った。

私たちの町の子たちのほぼ誰もが女子高生チャ・スナに憧れていたが、私がスナと親しくなっていたことを知る者はいなかった。私たちは町では互いに知らないふりをし、会うときは別々にバスに乗って市内まで出かけて会い、帰りは市場の入口に着くとわざわざ少し離れて帰ったからだ。

私はチェミョン兄さんの言葉を聞いて、胸が張り裂けるように痛んだ。チェミョン兄さんによれば、トマギは何度もチャ・スナにしつこくつきまとい、大胆にも学校の前で待ち伏せをしたこともあるという。その様子はトマギとつるんでいる上の町の子から聞いた。チェミョン兄さんが靴磨きの子らに言いつけて、その子を連れてこさせたのだ。そして叱るどころか、仕事場のすぐ前のマンソク会館に連れていって焼肉を食べさせ、焼酎を少し飲ませると、ぺらぺらとすべて吐いてしまったということだった。

「俺はトマギをこれから引っ捕まえに行くところだが、君も一緒に行くか?」

そのときになってようやく私は、練り物を持って行ったとき彼女が暗い表情をして避けたり、何度か道で偶然会っても気づかぬふりですれ違った彼女の冷たい態度の理由が何だったのか、なんとなくわかったような気がした。私は腹が立ってトマギという奴をいますぐにでも叩きのめしてやりたかった。そのうえチェミョン兄さんが怒り心頭に発して自分のことのように乗り出したことが、私の自尊心をさらに傷つけた。チェッカニが前もって準備していたのか、武器を差し出すと、チェミョン兄さんが言った。

「おまえらが持ってろ。俺は素手の方がいい」

「ガキどもも何人か一緒だぜ。これでぶん殴ってやろうぜ」

チェッカニが、自分は野球のバットを手に取り、私には角材を渡した。チェミョン兄さんとチェッカニと私はトマギの一味が集まっているバラック小屋へと、磨き係の少年に先導させて中央通りを横切って上がっていった。突き当りを左に曲がると、今度は山の裏側へと下る坂道になるのだが、そのあたりは日当たりの悪い西北の方向になり、そこにさらに暮らし向きのよくない上の町がある。その二つ目の路地に目指す家はあった。私たちがしばし戸の前に立っていると、中で何をしてふざけているのか、騒々しい笑い声が聞こえてきた。そっと耳を澄ましていたチェミョン兄さんが囁いた。

「トマギの野郎が中にいる。俺が入って手当たり次第に暴れるから、おまえらは逃げ出してくるヤツをぶん殴って捕まえとけ」

兄さんは板戸を足で蹴って家の中に飛び込んでいった。部屋の明かりが消えた。窓が割れ、叫び声と揉みあう音がするなか、まず一人が外に飛び出してきた。チェッカニと私は暗闇の中で武器を振りまわし、頭に背中に足にと、ところかまわず殴りつけた。相手がぐったりとのびてしまったところにまた別の奴が飛び出してくると、追いかけていってしたたかに殴り倒した。そうやってアナグマの巣を狩るように四人を捕まえたところで、チェミョン兄さんが部屋の中から戸の外に上半身をのぞかせて言った。

「おっと、終わっちまったみたいだな」

チェッカニが興奮して、トマギの野郎はどこだと尋ね、チェミョン兄さんが答えた。

「そんなかで伸びてるよ。半殺しにしちまったからな」

チェッカニと私が中に入ると、チェミョン兄さんが台所の明かりをつけた。部屋で血まみれになったトマギが大の字になってのびていた。蛍光灯や焼酎の瓶、グラスの類が割れて、部屋中がガラスの破片だらけで、衣類も散らばっていた。チェミョン兄さんがトマギの脇腹を足で軽く蹴った。

「おい、起きろよ。大げさな野郎だな」

起こして座らせると、トマギはのろのろと動いて両手で血が流れる口のまわりを拭った。チェミョン兄さんはぐっと感情を抑えて諫めはじめたが、その瞬間に、どういうわけか、この人こそがチャ・スナの男のように思えた。

「明日からこの町でおまえの姿を見かけたら殺す。おまえがスナにやった悪さを大人たちはまだ知らないだろうよ。おい、この野郎、あの子の親が訴えたら、おまえはすぐに臭い飯を食うことになる。明日すぐにこの町を出ろ。工事現場で働いているお前の老いぼれた親父に、臭い飯を食うのを見せるわけにはいかねえだろうが。わかるだろ?」

訓戒を終えたチェミョン兄さんはポケットから財布を取り出し、トマギの膝の上に金を投げてよこした。

「足代にでもしろ」

その年の冬、私は住み込みの家庭教師の仕事を得て、貧乏くさい下宿暮らしから脱した。軍隊に入隊する先輩の紹介でアルバイトを引き継いだのだが、教えるのは高校二年生だった。先輩といっしょに高い石塀の邸宅の立ち並ぶ住宅街に入っていくと、少し気遅れがした。二階までの吹き抜けのリビングで生徒の母親に会った。先輩はその子が高校に入学したときからいままで勉強を見てきたのだが、成績とクラスの席次が少し上がりはしたもののまだ十分ではないとため息をついて言った。もともと集中力に欠け、教えたことをもとに翌日に問題を出してみれば、きれいさっぱり忘れているということだった。

その子の父親は将軍だった。二つ星の第一線の師団長ではなかったか。息子が一人と、年の離れた娘がいた。ときどき出入りする将校と兵士たちはみな不動の姿勢を取って、その家の奥様に挙手敬礼をした。

私の部屋の窓を開ければ、広葉樹と常緑樹が茂る裏山が見渡せた。それとは別に、教えたり自分の勉強をするときには、将軍の書斎を利用しても構わないという許しを得た。私は自分の勉強と家庭教師とで忙しく、タルゴル市場をすっかり忘れて暮らした。奥様が家はどこかと聞いたときも、霊山とだけ答えた。

私は、勉強を教えることになった子が信じてついてきてくれるような兄、あるいは思いを打ち明けることができる友達になろうとした。彼は私と二つしか年が変わらなかったが、中学生のように幼かった。おそらく子どもの頃から一人息子ということで甘やかされてきたからだろう。そのくせ将軍の父親の前では一言も話せないほど固まる。最初は露骨に私を小馬鹿にした。机の上には教科書の代わりに、どこで拾ってきたのか、プレイボーイが堂々と広げられていた。しばらくは知らぬ顔で放っておいた。

ひと月ほどが過ぎた頃、この坊やを連れてタルゴル市場に行った。練り物を揚げていた父と母は私をなじるようなまなざしだったが、私は坊やを店の中に座らせておいて一時間ほど父に代わって練り物を揚げた。そして今度はチェミョン兄さんの靴磨きの仕事場に連れていくと、兄さんはわざわざ時間を取って私に酒をおごってくれた。チェミョン兄さんは坊やにもグラスを差し向けた。

坊やはチェミョン兄さんの言葉遣いと振舞いに、内心は緊張しているようだった。普段私の前で見せる虚勢はどこに行ったのか、何杯かのビールで顔を赤くし、息も荒くなっていた。勘のいいチェミョン兄さんが少し大げさに話しだした。

「おい、誰かさんは、このパク・ミヌ先生がこの一帯でどれだけその名を轟かせていたか知らないのかな？　この町でパク・ミヌという名前を知らなかったなら、もう命はないも同然だったんだ。そんな人がある日突然に決心して、勉強して、一流大学に行くなんて、誰ひとり思いもよらぬことだったさ。いやあ、あの拳でペンをとって勉強するとはね」

坊やは、私がサンドンネ出身で荒くれどもと友達であるということへの驚きをなんとか隠そうとしていた。私は坊やになにか威圧感を与えたり脅かそうと思ってサンドンネに連れて行ったわけではない。まず自分を正直に見せれば、坊やもその胸の内を見せてくれるだろうと期待していたのだった。坊やがどのように受け取ったかはともかく、自分が私に比べてどれほど有利な環境と条件に置かれているのかを気づかせてやりたかった。そのような生真面目な発想が通じたのかどうかはわからないが、私の意図とは全く違う方向ではあっても、その日のサンドンネ訪問はとりあえず収穫があった。

その日のことは二人だけの秘密にして、胸にしまっておくことにした。勉強をさせろと言われているのに、わざわざ出かけて酒を飲ませたことが坊やの両親に知られたら、私にしろ彼にしろ、よいことはないだろうから。彼は自分が本当にしたいことについて話した。映画監督になって、旅して暮らしたいのだと言った。言い換えれば、勉強はいやだ、遊んで暮らしたい、ということだった。私は非常に素晴らしい考えだと相槌を打ちながら、それならば夢を叶えるために努力しなければならないだろう、まずは成績を上げること、それがすべての基本だ、そうすれば何をするにせよ自分が望む方向に進むこともできる、と至極ありきたりな訓戒をならべた。外国留学という餌を投げた。手はじめに英語の勉強をしっかりやって留学する実力をつけろ。それから外国に旅行し、映画の勉強もし、経験を積んで世界的な監督になれと。一生懸命勉強するなら、ひと月に一度は登山やキャンプに行こうとも言った。学校と家から脱け出す新しい場所を教えてやって、二人の関係を確かなものにしておく必要があった。

彼は私を兄のように思ったのか、学校であったことを話し、成績も少しずつ安定していった。試験のときには私と一緒に座って、夜更けまで粘り強く勉強をした。成績がある程度上がった頃に、奥様と彼の進路問題について話し合った。映画監督という言葉に彼女は驚いた。将軍は絶対に許さないだろうと言った。私は子どもの意思を尊重してやれば、将来のためになにかしようという意欲が湧くだろう、映画を勉強していても将来につながる実用的な分野もたくさんあると言って、奥様を説得した。私は彼を三年生まで教え、大学に合格させた。私が社会に出ていくための最初の足がかりはこのようにして作られた。

私は大学三年生を終えて、いったん軍隊に行くことにした。私が住み込んでいた家の将軍はその間に退役し、全斗煥（チョンドゥファン）の軍事独裁政権時代に国営企業の会長として平穏のうちに一線を退いた。ソウルで軍生活をしていたときも、大学に戻って残りの課程を終えて卒業したあとに留学をするときにも、私はあの将軍にはずいぶん助けられた。いまでは彼はこの世を去り、奥様は息子と一緒に暮らしているが、相変わらず元気だという。

坊やと私は時とともに実の兄弟のような親友になった。彼は放送局で働いたあと、いまはドラマ制作会社を経営している。私のおかげでその後の彼の人生が順調であったとは言い難いが、実のところは、むしろ私のほうが彼の家族の恩恵にあずかったのだ。私が彼を見ていて感じたことは、いまの言葉で言うなら、金のスプーンをくわえて生まれてくれば、たいていのことはなんとかなるということだ。めったなことをしないかぎりは、道から大きくはずれることはない。私はと言えば、どうしようもないサンドンネの貧しさから脱け出して、まったく違う人生を生きたということ自体が奇跡であり、そのため私のような人間の内面は少し複雑であるよりほかはない。そんな人間には、内面の葛藤をまぎらわすなにかが必要だった。実際、周囲を見まわせば、私と同じような人間ばかりではないか。夜、都心のホテルの展望のよいラウンジから、高層アパートと赤い十字架と商店街の建物の明かりが溢れる街を見下ろせば、私と同じ彼らが見える。抑圧と暴力で維持されていた軍事独裁の時期に、私たちはあの教会によって、あるいはデパートの贅沢な品物を所有するようになることで、心を慰めていたのかもしれない。もしくは、あらゆるメディアがひっきりなしにまくしたててきた「力による正義」に寄りかかって生きてきたのかもしれない。つまりは、おまえの選択は正しかったのだと、いつどんなときも安心させてくれる、私たちみんなで作り出したさまざまな装置と人物が必要だったのだ。私もそのようなものたちの中で、かろうじて安堵していた一つの小さな付属品だ。

家庭教師の生活をしていた頃から、留学の途に就くまで、何度かチャ・スナに会ったことはいまでも鮮明に記憶している。私になにか変化のきざしがあるときには必ず、彼女と会う機会が訪れるからだった。ある日、将軍の家で彼女からの電話を受けた。家政婦のおばさんが家から電話がかかってきたと知らせてくれて、私は母からだろうと思った。めったに連絡してくることはなかったが、重要なことがあれば母が直接電話をかけてきた。もしもし、と言ったが、しばらく無言だった。あの、スナです。落ち着いた声が聞こえた。そちらの電話番号はお母さんに聞きました、この近くに来ているんです、と彼女は言った。チャ・スナと高級住宅街のすぐ近くの静かな喫茶店で会ったとき、なぜかみっともないと感じた。彼女はくたびれた服装をして、隅の方の席に壁のほうを向いて座り、脇に置いたビニールのバッグをしきりに撫でるさまは野暮ったかった。

「どこかに行くのかい?」

私が聞くと彼女はすぐさま答えた。

「私、家を出てきたの」

私がなにか言う前に彼女がまた口を開いた。

「ミヌさん、軍隊に行くって聞いたわ」

私はチャ・スナが去年も進学できなかったと噂で聞き知っていたので、二浪するのだろうかと思い、さりげなく尋ねた。

「どうしてるの？　入試の準備は順調なの？」

「私、進学はあきらめたの。父さんが就職しろって」

「それで家を出たのかい？」

私は住み込み家庭教師をするうちについた癖で、学生の相談に乗る先生のような態度を取ったらしい。突然スナが不自然に笑いだして、こう言った。

「私が子どもに見える？　ミヌさんと一つしか違わないのに」

「心配だから……」

彼女がお酒をごちそうしてと言った。なにか大きな決心をしてきた人のように、今日は自分と過ごしてほしい、断られたらひと思いに死んでしまうかもしれないと脅しもした。私は突然焦りはじめた。二つの考えの間でうろたえて容易に決断を下すことができない。サンドンネから脱け出したと思っていたのに、相変わらずチャ・スナがそこにいるという事実によって、私はいつでもそこにまた連れ戻されるのだという不安に襲われていたのかもしれない。ずっと彼女を求めていながらも、住み込みの家庭教師生活を言い訳に距離を置いて会わなかったのは、私が確実に以前とは異なる心理状態になっていたからだ。それは、すでに異なる世界へと旅立った者の、かつての自分の世界に対するきまりの悪さだったのかもしれない。いや、もっと正確に言えば、トマギがしでかした悪行のあとにチェミョン兄さんの主導による報復を目撃し、なにか私の大切な思いが汚されたように感じた。これ以上みっともない貧民街の子どもたちの遊び仲間でいるのが嫌になった。

けれどもスナが私を訪ねてきて見せた態度は実に刺激的だった。正直に言えば、タルゴルで会っていた頃から、チャ・スナと寝たいという思いは常に私につきまとって離れることがなかった。私は彼女の体を想像しながら手淫にふけったものだ。そんな自分の身勝手な思いだけで、彼女を飲み屋に連れていった。私たちは通行禁止時間のずいぶん前から旅館に入り、その夜の私はつたなく激しかった。

翌日、陽光うららかな朝の通りで、彼女はことさらに明るい声で、元気で軍隊に行ってきてね、と言った。通勤時間だった。道はたくさんの人とバスと車で溢れかえっていた。このすべての光景がなんだかはじめて見るようで、よそよそしく感じられた。私はまぶしい日差しのせいだというように眉間に皺をぎゅっと寄せたまま、手でひさしを作り、上の空で答えた。

「家に帰ったときには寄るよ」

そうしてさらに数年が流れた。軍を除隊して家に帰るときに、タルゴル市場の入口でチャ・スナにばったり出会った。正確に言えば、チャ・スナはバス停の方から歩いてくるところで、ちょうど陸橋から下りていくところだった私は、見慣れた彼女の顔を見た。軍隊にいるあいだ、私は家に帰ってきても、あえて彼女のことを知ろうとしなかった。陸橋から下りてくる私が目に入っていない彼女は、いつの間にか後ろ姿となって遠くなっていった。私は少しの間ためらってから彼女を呼んだ。

「チャ・スナさん……」

と、小さな声で。彼女に聞こえていなければ、おそらく、さらにもう一回呼ぶことはなかっただろう。それほど大きな声で呼んだのではなかったのに、もう遠ざかりつつあった彼女が立ち止まって、さっと振り返った。

「あら、ミヌさん！」

私たちは互いにそれぞれあたりを見まわした。かつて喫茶ふるさとがあった場所に、その当時の流行りの食事もできる喫茶店があった。席ごとに仕切りがあり、プラスティックのぶどうの蔦や葉で装飾されている、そんな場所だ。チャ・スナは地味な外出着を着ていた。薄化粧の顔は相変わらず美しかった。

「いつ除隊したの？」

「ひと月ほどになるかな」

「学校は？」

「復学する予定だよ。で、どこか行ってきたところなの？」

「会社にね」

「地方に行くって、言ってなかったっけ?」

「ソウルにある小さな会社よ」

「そこで何をしているの?」

「経理。まあそこそこの会社よ」

「それでもよかったよ。このごろは就職も大変だから」

「それほど大変でもなかったわ。父さんの知り合いがやってる会社だから」

「コネがあったんだね」

同じ町で育った兄と妹が話すような、ただそれだけの、それなりの近況報告があった。それから私がふと思いついたように尋ねた。

「それはそうと結婚しないの?」

彼女は即座に答えた。

「ミヌさんが卒業したら……」

と言って、けらけら笑いながら、すぐに付け加えた。

「あんまり怖がらないでよ」

それ以上話すことがなくなった。しばらく所在なく座っていると、彼女が低い声で、ちょっと待ってて、と言って席を立った。私はのんびりと煙草を一本吸いながら、トイレに行った彼女が戻ってくるのを待った。二十分ほど待って、困惑してカウンターの前に行った。トイレの方を覗き、出口の方をきょろきょろと見まわして、金を払おうとすると、ウェイターの若い男が言った。

「女性が払って行きましたよ」

私は復学して卒業するまで、タルゴルに寄ることがあっても、ほんの少し市場の店に顔を出すだけで帰っていた。卒業直前にヒョンサン先生と面接をして、その建築事務所に勤めることになった。指導教授が推薦してくれたのだが、とりあえず見習いとして働きはじめた。あの頃は仕事量がとても多く、毎日徹夜で事務所のソファでうたた寝をしていた。イ・ヨンビンも同じ見習いとして、一つのチームで働いていた。そのとんでもなく忙しかった時期に、国費留学生の試験を二、三年かけて準備して合格した。光州(クァンジュ)で大変なことが起こり、時局が揺れ動いている頃のことだった。戒厳令で通りの要所要所に戦車が配備され、放送局や官公署、学校の正門には、迷彩服を着た特殊部隊の兵士たちが銃剣を構えて立ちはだかっていた。光州で多くの市民が殺されたという噂が口から口へと静かに広がっていた。

私はそれまで光州に行ったこともなかったが、市中で噂を聞いてきた先輩の建築士たちがひそひそと話しているのを聞いて、そこが私と無関係の場所だと安心してばかりもいられなかった。私たちの誰もが、一年前に朴正熙大統領がなぜ死んだのか察しはついていたし、全斗煥ら新軍部がどのような野望を持っているのかも、よく知っていた。しかしそれがどうあれ、結局は、我々が計算するのは、「力」の行方につきしたがって進められていく企画がうまくいくかどうかなのだ。絶対的な「力」によって少しずつ与えられる利益によって私たちは成長するのだ。そして、それぞれが振り返って、みずからを責めたとしても、それすら長続きはしないということを、私たちはよく知っていた。いや、いまでも私たちは知りすぎるほどによく知っている。後にアメリカに到着してから外信によるさまざまな写真とドキュメンタリー映像を見て、私は大きな衝撃を受け、しばらく深い無力感に苛まれて過ごしたことを思い出す。

私は除隊後に家庭教師をしていた家にふたたび住み込んだ。卒業して就職するまではその家に留まって、来年中学生になる娘の英語の勉強を責任を持って見ることにしたのだった。二階の私の部屋は本や家具を片付けず、そのまま私を待っていた。その家では私をほとんど長男のように扱った。一人息子の孤独を心配し、なによりもその息子が私の言うことをよく聞き、私に全幅の信頼を寄せてくれていたからだ。私は自分の人生もままならない立場でありながら、彼のいろいろな悩みに助言を与えた。

私が建築事務所に勤めはじめて、留学が決まったあとに、奥様が何度かそれとなく話を持ち出した。知り合いの中に娘の多い家があり、その中でも末っ子が美しく賢いのだという。兄弟はみな留学しているのだが、彼女もやはり学校を卒業したらすぐに留学するだろうともいう。結局、奥様が取り持って二人は出会い、具体的に結婚話まで持ち上がった。私は最初からわが家の状況について先方に正直に話した。その家は父親が外交官として外国をめぐって暮らしてきたからか、わが家の貧しさに対しては寛容だった。本人が優秀であればそれでよい、ということだった。

チャ・スナとタルゴル市場の入口で偶然会ったのは、除隊してから間もなくの頃だったから、もうずいぶん長いこと彼女に会っていなかった。就職してタルゴルの家に何度か立ち寄りはしていた。もちろん母に製麵所の近況などは尋ねなかった。わざと尋ねなかったのではなく、その頃には彼女の存在自体が私の人生に無関係だと思うようになっていた。入隊する前に彼女と一夜を共にしたことなど、どれほどのことだというのか。

ところがある日、彼女から事務所に突然電話がかかってきた。かつては胸が高鳴り、下腹にわけもなく焦りのような衝動があふれんばかりに湧き上がってきたが、いまはもうそれもない。いや、むしろ罪悪感がひたひたと押し寄せてきた。この間、チャ・スナはどのように生きてきたのか。彼女について一度も考えたことがなかったことに気がついた。

退勤後に都心の喫茶店で彼女に会ったが、作業着のような男物のジャンパーを羽織っていたものだから、しばらくのあいだきょろきょろと見まわしたすえにようやく彼女に気がついた。久しぶりに子どもの頃の友達に会ったのだ。しかも同じ町の者ではないか。私は当然のように夕食をごちそうすることにした。彼女の表情は暗かった。近況を話すうちに、私が軍隊にいる間に彼女の父親が亡くなったことを知った。製麵所がなくなったことを、私はそのときまで知らずにいた。彼女は自分について私がなにも知らないでいることを、特に寂しがるふうでもなかった。ならば、彼女は自分についてまだ住んでいるのか、と尋ねると、引っ越しはしたけれど、道を挟んで向かいの町だから、いまもあの町の人間も同然だと言う。いまも会社勤めをしているのかと聞けば、少し前に辞めたと答えた。私たちは夕食を終えてもそのまま帰る気分になれず、その頃からどこででも見かけるようになったビアホールに入り、生ビールを飲んだ。泥酔こそしなかったが、いい具合に酔いがまわっていた。

「僕の勤め先がどうやってわかったの?」

彼女は私の質問に厳しい顔つきで答えた。

「どうして?　私から逃げられるとでも思ったの?　ミヌさんのことはいつでもいくらでも調べられるのよ」

そう言って、いつものようにからかうようにけらけらと笑ったかと思うと、すぐに笑いを引っ込めて聞き返した。

「留学するんですってね」

聞いた私がどうかしていたのだ。彼女の母親と私の母が、市場を行き来しながらいつでも消息を伝え合うことができるではないか。それだけでなく、私は留学試験に通った直後には家に行き、その喜ばしい知らせを両親に真っ先に伝え、チェミョン兄さんに会って酒を飲みもした。チェミョン兄さんは靴磨き場をすべて整理し、それなりの立派な店を出していた。女性が横に座り、接待もする、今風に言えばナイトクラブのようなところだった。ついたてで部屋を区切り、バンドも入っているような店だった。チェミョン兄さんはその界隈で育ち、手腕もよかったので、客がつかない方がかえって不思議なことだった。私はチェミョン兄さんに結婚相手に出会ったことも話したはずだ。

チャ・スナと私はその日かなり飲んだ。通行禁止時間が迫り、別れる前に彼女が言った。

「実はお願いがあるの」

私は、彼女が酒を飲みながらも、なにか別のことに気を取られているような気がしていた。

「もしかして、軍隊の中で偉い人を知らない？」

「なにかあったのか？」

「知り合いが捕まったの」

「僕も知っている人？」

彼女はうなずいた。その瞬間に悟った。

「チェミョン兄さんのことみたいだな……そうだろ？」

彼女がうつむいた。道理で彼女が羽織っていた男物のジャンパーをなにか見慣れたもののように思ったわけだ。

「二人は……一緒に暮らしているのかい？」

「いえ、一緒に暮らしてはいないわ。あの人が母とわたしを助けてくれたりはしたけれど」

数日前に、チェミョン兄さんの店に管轄の派出所の主任と刑事が訪ねてきて、一緒に出ていったのだが、それから連絡がないのだという。ミョスンと警察に行き、聞いてまわってもみたが、誰も何も教えてくれなかった。どうにか知りえたのは、軍の部隊に連れていかれたという噂だけだった。町のチンピラたちの掃討命令が全国に下り、検挙が実施されてからずいぶん後になって[*18]「三清（サムチョン）教育隊案」が発表された。

私は彼女を送ろうと車道まで出てタクシーを捕まえた。タクシーに乗る前に彼女が突然私の首に片腕をまわして、抱きついて言った。

「さよなら。結婚おめでとう」

タクシーが行ってしまった後も、私はしばらく道端に立ちつくしていた。

気は進まなかったが、チェミョン兄さんのことについては到底そのまま手をこまねいているわけにはいかなかった。ためらいつつも数日後に慎重に将軍に話を切りだした。将軍は私の話をしばらく聞き、その人とはどんな関係なのかと尋ねた。私は、遠い親戚で、ヤクザではなく遊興業者だ、と答えた。将軍はリビングに座ったまま、受話器を取り、誰かに連絡をした。相手に私が書いたメモの名前と住所を伝え、うまく処理してくれと簡単に言った。

そんなことがあったあと、私は奥様が紹介してくれた女性と結婚の約束をし、ともにアメリカに留学した。私がアメリカで学位を取った頃に、外交官を引退していた彼女の父親が世を去った。その後すぐに彼女の家族はアメリカに移民し、私たちはニューヨークで結婚式を挙げた。私の両親は来られず、アメリカに住んでいる彼女の家族とアメリカで知り合った人びとだけが参列するささやかな結婚式だった。

＊18【三清教育隊案】三清教育隊は、一九八〇年に軍事クーデターにより政権を掌握した全斗煥元大統領の下、組織された。暴力、密輸、麻薬、詐欺事犯等の社会悪一掃を名分に、まともな令状もなく検挙し、検挙者をランク付けし、等級BとCになった四万人余を入隊させ、「純化教育」を行った。一九八〇年八月から八一年一月の半年で六万人を超える検挙者があり、無実の市民も多数連行された。教育隊では暴力と過酷な労役が課された。死者五十四人、後遺症による死者三九七人、精神障害を負った者二六七八人。

8

冬にあんなことが起こるまでのひと月近くの間、キム・ミヌに会えずにいた。彼のお母さんが、一度遊びにいらっしゃいとメッセージを送ってきたが、遊びに行く暇がなかった。わたしの作品がようやく舞台にかけられたものの興行がふるわず、すっかり気が抜けてしまい、何をするにも億劫になっていたのだった。代表はわたしの作品を慌てて打ち切り、ふたたび翻訳劇の稽古に入った。これといって楽しいこともなく、希望もない憂鬱な長い冬だった。キム・ミヌからも連絡がないのは同じだったが、わたし自身生きていくのに追われ、彼のことを気にかける心の余裕もなかった。いま思えば、わたしたちには男女間の熱気のようなものがなかった。彼に会うと気持ちが楽になり、なんとなく心強かったけれど、それ以上の感情はわたしにはなにか遠いものに思われた。

降りつづいていた雪がやみ、青空をのぞかせて、すっきりと冷え込んだその日の朝、電話があった。音を消していた携帯電話がぶるぶると震えた。画面を見ると知らない番号だ。そのまま放っておこうと思ったが、今度はメッセージが来た。とある警察署の者だが連絡をしてほしいという内容だった。わたしには悪いことをしたおぼえはない。でも、お役所がらみのことは、おとなしく言うことを聞いておくのが無難だということぐらいは知っていたので、律義にその番号にかけなおしてしまった。チョン・ウヒさんですよね？　ええ、そうですが、なんでしょう？　ああ、会ってお話しします。重要なことなんでしょうか？　相手は明らかに慎重になっている。しばらく息遣いだけが聞こえた。いま、ご在宅なら、こちらから伺いますよ。わたしも少しの間呼吸を整える。迷っていた。相手が、五分ほどですむから、住所だけ送ってくれればすぐに訪ねていくからと言うものだから、わたしはすぐにそうしてくれと答えて、住所を送った。近くから来たのか、三十分もしないうちに玄関のチャイムが鳴った。家には入れたくはなかったので、コートを前もって羽織っていた。ドアを開けると制服姿の警察官が立っていた。わたしが外に出ようとするよりもはやく、警察官がドアの前に立ちふさがって言った。

「キム・ミヌさんをご存知ですね？」

「はい、知っていますが」

「キム・ミヌさんが自殺しました。管轄の派出所にちょっと来ていただけませんか」

わたしは頭を強く殴られたみたいにぼうっとした。

「なに？　いま、なんて言いました？」

「キム・ミヌさんが亡くなったんです」

派出所でわたしと向かい合った警察官は、わたしの陳述を一行ずつノートパソコンに記録した。彼との関係はただの友達だ。恋人だとかそのような間柄ではない。アルバイトをするうちに親戚のお兄さんのように親しくなった。ひと月ほど会っていない。彼の母親に連絡をしたかと尋ねると、警察官が答えた。

我々がどうやってチョン・ウヒさんの電話番号をわかったと思いますか。彼の遺書に電話番号が二つ書かれていたんです。母親のチャ・スナさんとチョン・ウヒさんの番号が。普段おかしな点はありませんでしたか？

わたしは、彼が一生懸命に積極的に生きようとしていた人だったと、アルバイトを三つ掛け持ちして意欲にあふれた快活な人だったと言った。今度はわたしが尋ねる番だった。彼の死亡推定時刻は五日前だったが、発見されたのは今朝だという。場所は忠清北道忠州（チュンチョンプクトチュンジュ）付近の川辺だった。彼のおんぼろのジープとセダン車のアバンテが一台、並んで川べりに停まっていた。冬のことだし、大通りからはずれた舗装されていない道路だったので、人通りも少なかった。近隣の町の人びとは、ときどき見かける釣り人だろうと思い、よくあることだと気にもかけなかったという。ところが、一日が過ぎ、二日が過ぎ、三日、四日と過ぎても、二台の車はその場にずっと停まったままだった。町の人びとは数日間放置されている車を不審に思って警察に届け、警察はレッカー業者に連絡した。レッカー車の運転手が到着して車両を確認してみると、車内で人が死んでいた。ジープの前の座席に二人、後部座席にも二人、合わせて四人が、アバンテには二人が死んでいた。窓の隙間や、通風孔と運転席の前側の空気が漏れそうなところを、すべて青いテープで塞いであったという。車内には焼酎とプラスティックのコップが転がっていた。携帯用のガスコンロの上は燃え尽きた着火剤の灰で覆われていた。ジープの運転席にキム・ミヌ、その隣の席には住所が安山（アンサン）の同世代の男性、そして後部座席には春川（チュンチョン）の兄妹がいた。アバンテの死亡者の男女は利川（イチョン）と忠州とそれぞれ住所が異なるが、年齢や服装、所持品から見つかった携帯電話の中の一緒に撮った写真と動画から、内縁関係だと推測された。おそらく最近広まっているネットの心中サイトやSNSを通じて集まったのだろう。主導者が誰かわからないが、車の持ち主であるキム・ミヌと利川に住む男性が彼らを乗せて移動したということだけは確かだった。警察はもちろん、わたしも、彼らがどうやってつながったのか、その経緯を推し量ることはできなかった。通話履歴を分析した結果、彼らは数か月前からお互いに連絡を取り合い、集まる機会も持っていた。ソウルのはずれのビアホールでフライドチキンを食べ、ビールを飲んでいる写真もあった。

　死を目的にした出会いというのは、どんなものなのだろうか。彼は遺書でどんなことを言っているのだろう。しかしなぜ……などと考えながらも、わたしは自分自身につぶやいた。なぜもなにもないよね、と。わたしだって、いつか部屋で自然に眠るように死ねたらと思ったことが何度もあったではないか。眠りから目覚めなければいいと。でも、思うだけで、目を開けば一日が過ぎ、二日が過ぎ、日常は飽きもせずにつづく。

遺体は警察の形式的な検死を経て、家族に引き渡された。ほとんどの自殺者の家族がそうであるように、彼らは葬儀を省略して火葬場に直行した。腐敗が進みはじめていたうえに、普通の死に方をしなかった者を忌避する伝統にのっとって、それこそ静かに早く済ませることを望んだのだ。

わたしはキム・ミヌの母親の電話番号を探しだした。お母さん、あの、ウヒです。彼女の声はしんと落ち着いていた。悪い子、と一言、そして、長い沈黙の後にこう言った。「こっちに来てくれない？」。わたしは彼女が教えてくれたとおりに、ソウルの西北、京畿道の辺鄙な山のふもとにある市立の火葬場に行った。片側に追悼公園と納骨堂の建物があり、病院のように見える大理石のパネルを貼った建物が見えた。わたしはすぐにキム・ミヌのお母さんを待合室で見つけた。チャ・スナという彼女の名前を、警察をつうじて、そしてここの遺族名簿で確認した。お母さんは待機票を手に、息子が火葬されるときを待っていた。火葬炉が十数か所あり、電光掲示板に現在火葬が行われている人の名前と番号が浮かんだ。わたしはお母さんの手を握り、隣で静かに座っていた。時間になり、彼の棺が炉に入ったという案内が電光掲示板に流れ、職員が遺族を確認した後、炉の前にわたしたちを案内してくれた。耐火ガラス窓の向こう側で炎が激しく上がるのが見えた。彼女は泣かずにただ炎を眺めていた。

数十分が過ぎ、案内に従って灰を広げた板の前に立った。職員は灰を網のようなものにかけてふるい、残った骨を選んで骨上げした。わたしたちは小さな花瓶のような陶器に入れたキム・ミヌの残骸を持って散骨場に行き、散骨した。周囲の山には残雪が点々と見え、道を歩くたびに凍った泥の塊が足元で崩れた。このようにしてほんの一時間ほどですべてが終わった。お母さんが頭と顔を覆うようにして毛糸のマフラーを巻きながら、家に一緒に行ってほしいと言った。

わたしたちはタクシーの中でも電車の中でも、言葉もなくそれぞれの思いにふけっていた。お母さんは家に向かう途中で市場に寄り、果物や茹でた豚肉、腸詰、練り物、そして焼酎を二本買った。アパートに着くと、以前と同じ家なのにどことなくがらんとした感じがした。お供えを並べるには小さな膳に、買ってきたものを取り出して供えて、焼酎を一本、アルマイトのやかんに少しずつ注いだ。

「自分の子どもの弔いなんてできないから、極楽往生しなさいと、ただ黙禱でもしようか」

なんでもなさそうに言って、わたしに笑ってみせさえした。

「遺影にする写真もないし。あっちの窓のところにミヌが立っているってことにしよう」

お母さんがやかんを傾けて小さなグラスに焼酎を注ぎ、窓の方の虚空に向けて一言、こう言った。

「一杯やりなさい、あんたの好きな腸詰もあるから」

そして、うつむいて目を閉じた。わたしもキム・ミヌの母親のあとについて念仏を唱えた。わたしが先に顔を上げたとき、まだうつむいていた彼女の顔から涙が流れて、膳にひとつぶずつ落ちていった。わたしは息を殺したまま、しばらく沈黙して見守るだけだった。膳の上でどんどん大きくなっていく涙の雫をわたしはぼんやりと見ていた。お母さんがティッシュを取り、顔を拭いて、鼻をかんだ。はあ、と長いため息をついて、顔を上げた。

「さあ、これからわたしたちも人間的に一杯やりましょう」

お母さんが思い切るように、普段のわたしの口癖を真似て言った。人間的に悲しすぎる。わたしはなにかと言えば、人間的にひどい、人間的にお腹がすいた、人間的に憎たらしい、人間的に乾杯しよう、何にでも人間的にという言葉をつけて話す癖があった。はじめてこの家に来たとき、お母さんはわたしの口ぶりを真似てずいぶん面白がった。わたしはやかんを手に取ってお母さんのグラスに焼酎を注ぎ、わたしのグラスにも注いだ。わたしたちはお互いの顔を見て、一息に飲み干し、また注いでは飲み干した。お母さんが、車の中から発見された遺品である彼のリュックを開け、携帯電話と衣類、こまごましたものをひっかきまわして、わたしに遺書を差し出した。ノートから一ページ破りとった紙きれだった。表には母チャ・スナの住所と電話番号、そしてわたしの携帯電話番号が書かれていた。わたしは思わず紙切れを受け取って、茫然と眺めた。

母さん、最後まで面倒見てやれなくてごめんなさい。ノートパソコンを持っていってあげるつもりだったのに、部屋に置いてきてしまいました。母さんが僕の部屋から持ってきてください。僕が一生懸命働いて買ったものだから。

いくらにもならないけど、いままで貯めたお金は母さんの通帳に振り込んでおいたからそのお金で健康診断を受けてください。必ず。ウヒも一緒に連れていってやってください。ずいぶん体調がよくないみたいだから。あの地下の部屋、あそこから出たほうがいいんだけど……。役に立てなくてすまないって伝えてください。

母さん、愛しています。

いまさらながら涙が出た。悪いヤツ、死ぬときまで他人の心配なんて。火葬場では彼の死を実感できなかったからだろうか、涙のひとつも出ずに申し訳ないほどだったのに、堰を切ったように涙がどんどん流れだした。車の中に座ってボールペンで書きなぐったようなキム・ミヌの手紙は、努めて事務的に話そうとする彼のぎこちないあの声を思い出させた。わたしはたてつづけにグラスを空けた。母親が尋ねた。

「ねえ、ミヌのこと好きだった?」

わたしは答えなかった。彼女はわたしをじっと見て、悲しげな口調で言った。

「ミヌのこと、ちょっとは愛してくれたらよかったのに」

9

テドン建設のイム会長が横領背任などの容疑で拘束された。私はチェ・スングォンから数日前に聞いて知ってはいたが、テレビの報道を見てようやく詳しい嫌疑内容を把握した。イム会長は漢江デジタルセンターの分譲に成功し、新しいプロジェクトを推し進める過程で、新たに買収した会社を担保に巨額の資金を借り入れ、このことがテドン建設に莫大な損害を与えたというものだった。また、高層アパートとデジタルセンターのテナントを分譲する際、分譲率を上げるために自社資金で架空の当選者を作り、分譲に介入したという。これらすべてのことが無理な事業拡張とアジアワールドの資金集めのためだったというのだ。彼が早朝礼拝に出席し、神に何を祈っていたか、容易に推測はついた。私も彼の祈りが叶うよう切に願っていたのではなかったか。

事務所に出るとソン室長が低い声で囁いた。

「お客様がいらしています」

「客？　誰が何の用で……」

ソンは無言で私の部屋の応接室のドアを開けた。コーヒーを飲んでいた二人の男がのろのろと立ち上がった。

「いきなりお邪魔してすみません」

背広姿の男が差し出した名刺をよく見ると、この地域の情報課の刑事だった。ソンが席に戻ろうとしたので、私が引き留めた。

「君もかけなさい」

彼らは私を正面からじっくりと見た。テドン建設の漢江デジタルセンター設計に関与するに至った過程について尋ね、アジアワールドの企画案はここで立てられたのかとも尋ねた。私は次第に腹が立ってきたが顔に出さずに答えた。

「私たちはそれこそ建築主の要望に応じて絵を描いたのにすぎませんよ。まさか設計図なんかが必要で来られたというわけではないでしょう？」

背広の男と一緒に来たジャンパーの男が言った。

「調べてみるとアジアワールドはまったくの詐欺ですね。資金をかき集めるためのエサじゃありませんか」

私は彼を無視することにした。

「これは正式な参考人聴取なのでしょうか」

「いえ、違います」

背広の刑事が手を振って言った。

「社会的に物議を醸している件なので、ちょっとご助力いただこうと訪ねてきたまでです。アジアワールドの企画案をここで作成したのであれば、参考資料でも確保しておこうかと思いまして」

私はソン室長の方を見て尋ねた。

「そんなもの、ここにあるかい？」

「企画案や広報用の写真のようなものは、すでにインターネットにすべてアップしてありますが」

私は代表室に入る前にドアを少し開けたまま言った。

「急ぎの仕事がありますので、これで失礼させていただきます」

少ししてからソンが彼らを送り出して戻ってきた。

「先方の顔を立てて、お車代を渡してお引き取りいただきました」

現場経験が豊富なソン室長はなんでもないことのように呟き、私は不意に羞恥の念に襲われた。午前中はずっと落ち着かない気持ちのまま座っていた。すべて手放せ、と言っていたイ教授の言葉が思い出された。パソコン画面にグーグルマップを出し、山の麓や海辺の地形、さまざまな土地をあれこれと眺めた。ふと、自分が晩年を送る家の土地を探しているのではなく、墓を作るべき場所を見ているのではないかという気がして、気持ちが沈みこんだ。この先、私には時間も人も仕事ももうそうは残っていない。新着メールが五件届いていた。その中に「ネコジャラシ」というタイトルが見えた。もしかして、と思い、開いてみる。やはり、チャ・スナからのものだった。前回のように簡単な挨拶とともに添付ファイルがあった。今回はパク先生という言葉のかわりに、あなたという呼称を使っていたが、なぜか身近で親密に感じた。

パク・ミヌさんへ

春にはじめてあなたの消息に触れてから、濃く色づいていった新緑もいつの間にか色褪せ、夕暮れ時になると冷たい風に襟元を掻き合わせるようになりました。わたしたちの年齢を季節に例えると、ちょうどこの時期ではないかと思ったりします。時とともに色褪せていく記憶のように、わたしたちの若かった日々もせめてアルバムの中で色褪せていく写真に残っているくらいなのでしょう。それでもあなたに会っていた瞬間瞬間は記憶に鮮やかで、最近では時とともにだんだんとはっきりと思い出されます。

重荷にお感じになる必要はありません。このくらいの年になるとよくあることのように、思い出に浸っているだけなのですから。息子が亡くなってから、世の中にわたし独り取り残されたように思っていました。急にとても恐ろしくなりました。ところが、こうしてあなたがわたしの前に現れたのです。重ねて言いますが、どうか重荷に思わないでください。これはすべて、わたしひとりで考えていることなのですから。幼いときに亡くした実の兄に会ったような気分、ただそんな気分なだけ。あなたになにかを望んだり、期待したりするようなことはまったくありません。

ときどきこのようにメールででもあなたと話すことができれば、それで十分なのです。あなたが望まないなら、今日を最後にこれ以上メールは送りません。あなたが去ったあの場所でわたしがどのように生きてきたのか、一度はすっきりと吐き出してしまいたいだけです。そうしてやっと、わたしもあのサンドンネから脱け出すことができるような気がするのです。いえ、あそこから脱け出したがっていたのは、あなたでしたね。わたしは……本当は、あの場所が懐かしいのです。

私は添付ファイルを開いた。チャ・スナはあの場所が懐かしいと言っているが、まだあのサンドンネにとどまっているかのようだった。私は、チャ・スナに連れられてあの町を訪れたかのように、生き生きとした語りの中へと引きずりこまれていった。彼女がトマギに襲われた頃に私が久しぶりに町に現れたときの記憶を語っている部分は、そばについていてやれなかった私をなんとなく恨んでいるような感じがした。あのことがあったあと、彼女は製麺所の乾燥場の屋根裏部屋に引きこもって本ばかり読んでいたという。そんな彼女を慰めたりいたわったりしたのは、やはりチェミョン兄さんだった。面白い映画が来れば、なにも言わずにポスター貼りの子どもに招待券を届けさせた。製麺所のことならどんなことでも快く手伝ってやった。

わたしはこの町を脱け出した彼が二度とは帰ってこないだろうということを知っていた。実際、彼の前でどんどんみすぼらしくなっていくわたしの姿を思えば、これ以上彼と会いたくはなかった。たまに彼が町に帰ってくることは知っていたが、もしやばったり会ったりはしないかと、じっと隠れていた。幸い彼もわたしを訪ねてこなかった。

一年あまり身を小さくしていたあいだ、チェミョン兄さんがあれこれと口実をつけてわたしの家に出入りした。兄さんが先頭に立ってトマギを懲らしめ、そのことでトマギが町から姿を消したことを噂で聞いて知っていた。チェミョン兄さんはわたしの両親にも親しげに息子のようにふるまった。いまのわたしにパク・ミヌという男性がふさわしいだろうか。チェミョン兄さんほど、わたしの事情をよく知ったうえで理解し、大事にしてくれる人もいないと思った。

ミヌさんが軍隊に行ったという噂を聞いた。わたしは彼を忘れるためにチェミョン兄さんを受けいれることに決めた。けれど、いざチェミョン兄さんと彼の故郷にある父親の墓参りに行く日が近づいてくると、わたしはこの町でこの人と一緒に年老いて死ぬんだなあ、と絶望的な感情になり、逃げ出したくなった。何を思ってミヌさんに会いに行ったのかわからない。電話を通して聞こえてくる彼の声は、嬉しいというよりも少し戸惑っているようだった。すでに後悔の念が押し寄せてきていたが、そのまま帰るわけにもいかなかった。どんな方法であっても、きっと一度は彼に会わなければならないのだった。そして、彼に会って、どれだけ心が乱れたことか。お酒をごちそうして、とわたしは言ったはずだ。そこで帰ればよかったものを。わたしはすでに壊れていて、これ以上壊れることはないと思っていた。それが彼を思い切るわたしなりの通過儀礼だと思っていた。翌日道ばたで彼と別れ、わたしはバスに乗るのも忘れていくつものバス停をただただ歩いた。泣きながら歩くわたしを、道ゆく人たちがちらちらと見ながら通り過ぎていった。わたしは声に出して呟いた。さよなら、パク・ミヌ、わたしがあんたを捨てたのよ。その日、わたしはそうやって彼と別れた。

父が亡くなったあと、わが家は製麺工場を廃業した。小麦粉をこねて麺にするまで、機械を操作する危険な仕事を母一人ではとてもやりきることはできなかったからだ。

チェミョン兄さんは、結婚式こそ挙げていなかったものの、わたしにとってはすでに夫と変わりない存在だった。彼の力を借りて、道向こうの町の入口の角に家を買い、雑貨店のような小さな店を出した。わたしは勤めていた職場をやめ、母を手伝って店を守った。チェミョン兄さんは何日かに一度、わたしの部屋にやってきて、泊まっていった。わたしは彼をとおして、ミヌさんが結婚相手の女の人と一緒に留学することになったという話を聞いた。それから何か月かして、チェミョン兄さんが警察に引っ張られていった。各警察署ごとに割り当て人数が決められていて、普段よく知っている人たちも手当たり次第に引っ張られていったという話が広がった。ミヌさんに会いに行くのは本当に耐えがたいほどに嫌だったが、ほかに助けを求めるところがなかった。

チェミョン兄さんはそれから一か月後、枯木のようにがりがりに痩せて、疲弊しきった姿で帰ってきた。以前のような体にまで回復するのに一年以上かかった。わたしは彼の世話をするために一緒に暮らしはじめ、娘を一人産んだ。けれど、チェミョン兄さんは快活で積極的だった昔に戻ることはできなかった。彼は三清教育隊に連れていかれていたあいだに、体を壊しただけでなく、精神的にも完全に壊されてしまったようだった。もう二度と水商売はしないと言っていたが、少し動けるようになると、外を出歩き、昔のサンドンネの仲間たちに会いはじめた。ずいぶん後になってからわかったことだが、彼は賭場を開き、薬にも手を染めるようになっていた。秘密の賭場をハウスと言うそうだが、プロのばくち打ちを雇い、金持ちの胴元を唆して、いかさま賭博をしていたのだった。最初は中古の外車を仕入れるだの、おまえに宝石を買ってやるだのと言い、やがて酒の卸売りをはじめたと嘘をつき、わたしもそうだとばかり思っていた。数年もしないうちに仲間うちの喧嘩で死人が出て、彼は検挙された。犯罪集団を組織したかどで十五年の長期刑の判決を受けた。

彼が収監されてからいくらもたたずに、娘が麻疹で死んだ。わたしはそのことを彼に言わなかった。なのに、誰から聞いたのか、ある日面会に行くと、彼は会うのを拒否し、刑務官をとおしてメモだけを渡してきた。もう二度と面会に来るな。子どももいないのだから、ひとりで生きてゆけ。そうして移監申請をし、別の刑務所に移っていった。わたしはそこまで訪ねていったが、彼はついに私に会おうとはしなかった。

独りで店を切り盛りして寂しくしていた母のところに戻って暮らしはじめてから三、四か月たった頃、一人の男がおずおずと店に入ってきた。月賦販売の本のセールスマンだった。彼は私より三つほど年下で、控えめで内気な男だった。この仕事は立派な職業ではないけれど、高校を出てあらゆる仕事を経験して、どうにかありついた職だと言った。わたしはとにかく本を読むのが好きなので、彼が取り出した世界名作全集全三十巻に惹きつけられた。まとまった金を払って買わなければならなかったら、はっきり言って私の状況では夢にもありえないことだったが、十か月に分けて払うことができるというので、それ以上は彼の下手なセールストークですら必要なくなった。彼はいとも簡単に一冊を売り、上機嫌で帰っていくと、翌月からは月賦の本代を口実にわが家に出入りしはじめた。彼が単に本を売り歩く人だったなら、彼と一緒にあの町を出はしなかっただろう。彼もまた本を読むことが好きで、取り扱っていたたくさんの本を次から次へと持ってきてくれた。かつてミヌさんとしたように、わたしたちは一つの作品を一緒に読み、語り合い、意見が分かれて言い争ったりするうちに、情がわいた。しかし、彼の性格上、月賦販売の本のセールスで食べていくのは簡単ではなかった。わたしは彼の故郷である仁川に行き、彼と二人で小さなトラックで卵を売ってまわり、野菜や果物も仕入れて売って、新しい人生をはじめた。

その後、彼女は息子を一人産んだ。十年余りは欲を出さず、それなりに幸せに暮らしたという。夫に甲斐性はなくとも真面目だったので、たった一間の家賃月払いの借間住まいから、チョンセの借家に移ると、少しずつ貯金もした。しかし、息子が十歳になった年に夫が交通事故で大怪我をし、まったく補償を受けられずに寝たきりになったあげくに、借金だけを残して死んでしまうと、彼女の人生はまたもやどん底に突き落とされた。ひとりきりで家政婦、食堂、掃除、どんな仕事でもやった。そうしたところで焼け石に水、働いて稼いだ金では利息を払うのがやっとだった。働きに出るために幼い息子をいつも独りにしておかなければならなかった。それでも幸いなことに息子は父の性格に似て、特に問題もなく優しい子に育った。勉強にはあまり向いていなかったので短大に進み、非正規職ではあるが大企業に就職した。息子は解雇される直前まで、立ち退き地域で作業員を管理する課長の補助として働いていたが、彼がどれほど誠実で一生懸命生きようと努力していたかを彼女は淡々と記録していた。息子が作業員たちと開発地の立ち退きの要員として働いていたというところまできて、私はしばらく読むのをやめた。私にとってはあまりにも見慣れた場面が目の前に生々しく再現されたようだった。胸がざわついた。私たちがなにか見えない糸でかすかにつながっているかのような妙な気がしてならなかった。彼女は息子が会社を解雇され、いろいろなアルバイトを転々としたすえに、昨年の冬に自ら命を絶ったと書いていた。ここまでわずか一時間ほどしかかからなかったと思う。数十年にわたる彼女の波乱万丈の人生が、私の一時間とともに過去へと流れていった。

彼女はたまたまバスに乗っていたときに、市庁の前に掲示されていた案内で私の名前を見つけたのだそうだ。添付された内容の最後に彼女はこのように付け加えていた。

わたしは写真で年老いたあなたの顔を確認して、胸がどきどきしました。息子が死んでから、本当に長いこと忘れていたタルゴル市場のあった場所に久しぶりに行ってみました。わたしたちが暮らしていた記憶の痕跡は、もうすべて消えてなくなっていました。あなたのご両親の練り物屋、うちの製麺所、共同水道、チェミョン兄さんの靴磨き場、映画館、陸橋などなど。わたしたちが暮らしていたところなど最初からなかったのではないか、と思われるほどでした。四十年あまりの歳月がいつの間にこのように流れてしまったのか、本当に早いものですね。おたがいこうして生きてきて、いまでは後に生まれた者たちが波のようにあの通りを行き来して……

あ、忘れていました。わたしは息子にミヌと名付けました。キム・ミヌ。あの子がわたしたちのように辛く貧しくても、幸せになれればと思っていました。けれど、わたしたちはいったい何を間違えてしまったのでしょう。どうして子どもたちをこんなふうにしてしまったのでしょう。

チャ・スナの文章はそのように終わっていた。わけもなく彼女が私を責めているように感じられた。一人の人間の人生を記述したものにしては、ずいぶん短い文章だった。しかも私の人生の一部も関わっている。私は、文章のどの行間にも、かつての時間の中にとどまったままの場面や人びとの顔を思い描いた。心が乱れて、立ち上がり、うろうろと歩きまわり、窓際にずいぶん長い時間立っていた。体が少しずつ消えていくような気がした。まず手足がじわじわとなくなって、そして今度は下半身から消えていく。私は、窓の外に広がる風景の上にフィルムカメラで重ねて撮った写真のように浮かんでいる私の上半身を眺めていた。「おまえは誰だ」。彼がこちらに向かって問いかけていた。

「電話、お出にならないのですか？」

女性社員が私の部屋のドアをそっと開いて言った。そのときになってはじめて、私は机の上の携帯電話が鳴りつづけていることに気がついた。携帯電話を手に取って、彼女に尋ねた。

「煙草はないかな？」

女性社員が煙草とマッチを持ってきてくれた。私は火をつけて、一息ぐっと深く吸い込む。しばらく吸っていなかったからか、めまいがして、椅子にどさりと座りこんでしまった。電話をかけてきたのは、イ・ヨンビン教授だった。私の方からすぐにかけなおした。「どこにいるんだ？　今日はなにしてる？」。彼は次男がもうすぐ結婚するので招待状を送ると言った。私が今夜一杯やらないかと言うと、彼は少し面食らったように「なにかあったのか？」と問い返した。今日は都合が悪いが、明日ならどうかと言うので、いや、またにしよう、連絡するよと言って電話を切った。フィルターが焦げつくほどに煙草をゆっくりと最後まで吸った。けだるく目が眩むような気分に身をまかせて、しばらくの間ぼんやり座っていた。

パソコンの画面をじっと眺め、検索バーに都市再開発と入れてみる。膨大な量の情報が浮かびあがり、写真と文章がつぎつぎ流れてゆく。私が妻と娘を連れて帰国したのは留学から十年後のことで、もう四十近くになっていた。アメリカでいくつかの国際的なプロジェクトを手がけて実務の経験も重ねていた。ヒョンサン建築に戻ると室長となり、建設好況を迎えて会社を大きく成長させた。九十年代中盤の情報がパソコン画面に現れると、私とユン・ビョングがやっていた住環境改善事業の現場の写真が出てきた。知ってのとおり、その頃に三豊（サンプン）[*19]デパートも崩壊した。近代化の過程にあった時期の建物の安全度評価で、八割近くの建築物が不合格判定を受け、合格した場合にも改築や修理が必要なのが実情だった。しかし、設計、施工、竣工過程で繰り広げられるご都合主義と不正は改められることはなかった。むしろ新しい市場を拡大させる要因になっただろう。私はその頃に自分の会社を興し、焦げイモのビョングは政治の世界に足を踏み入れた。わずか十年ほど前に私が関与した都市再開発事業の過去と現在もまた、ネット上に写真とともに残っていた。

　私は、山全体を覆っていた低いスレート屋根や、複雑に入り組んでいた狭い路地と商店の前に集まった子どもたちの笑顔を見た。慣れ親しんだ町を追われた彼らは、いまごろ、どこで、何をして暮らしているだろうか。岩場にはりついた貝殻のようにひしめきあっていたバラック小屋は消え、巨大なセメントの山のようなアパートが障壁のように空に向かってそびえたつ。崩れかけた家々と、廃墟に棄てられた錆びた車の骨組みが、原っぱの片隅に投げ出されている。人通りの絶えた路地には伸びるにまかせた雑草が藪を作り、爆撃されたかのように崩れた建物の隅には、主人をなくした痩せさらばえた犬が一匹、うろうろしている。立ち退きに反対する住民デモ隊の先頭に立つのは、主に女たちだ。デモ隊はめいめいに下手な字で抗議の言葉を書いた紙を持ち、叫んでいる。私もビョングと一緒に現場視察に行き、遠いところから見た風景だ。立ち退き業者が彼らを解散させ、ブルドーザーとショベルカーを進入させようというところで、私たちはこれ以上はとても見ていられなくなり、慌てて車に乗ってその場を立ち去ったこともある。

ああ、あそこだ。ようやく私が暮らしていた町の最後の姿が現れる。その地域の再開発は私もよく知っている別の会社が中心になって進めていた事業だった。両親は再開発されるずっと前にその町を離れていたので、私はそこがどうなったのか考えてみたことすらなかった。チャ・スナとふたたびつながることがなかったなら、私はいまでもすっかり忘れていただろう。私にとってはあまりに見慣れた、タルゴル市場に入る中央通りが見えた。知っている建物と看板も見える。そしてある商店の前にはミョスンとスナが並んで座り、おはじきで遊んでいる。私はチェミョン、チェグン兄弟と片足相撲をしている最中だ。写真の中の子どもたちは知らない子どもたちだったが、彼らはその頃の私たちと同じ空間で同じ夢を見て育ったはずだ。

私の中に残っている記憶は、そこに住んでいた人びとが家族とともに大切にしている思い出とは違うものだ。私の記憶といえば、住民たちの思い出を一気に追いやり、奪い、抹殺してしまう過程だけだった。私たちのコンサルティングチームが組織した組合を起点に、設計業者と立ち退き業者へとつながり、施工社と区庁、区議会から政治の世界にまでつながっていく「食物連鎖」について、私は知りつくしていた。数多くの会議と酒宴と接待ゴルフと商品券、ブランド物、現金の念入りで細かい報告書と明細書、領収書などをとおして、ユン・ビョング会長とともに、私もすべてを知っていた。ユン・ビョングは国会議員になり、再選も果たしたが、不祥事によって途中で脱落した。しかし、私は彼を何度も助けた。いや、私たちはいつもお互いを必要としていた。いまでは植物人間になり、世間からはじき出された焦げイモのビョングは、彼の原点である霊山で、あらゆる失われた記憶の上に横たわっている。私は長いあいだずっと、サンドンネのみじめでみすぼらしい人生から運良く脱け出したとばかり思っていた。あの時代をくぐりぬけた者は誰もが、自分は落伍せずにいまではいい暮らしをしているのだと、満ち足りた気持ちになっているように。

パソコンのメール画面を開く。チャ・スナの手紙の最後の部分をもう一度読む。

わたしたちはいったい何を間違えてしまったのでしょう。どうして子どもたちをこんなふうにしてしまったのでしょう。

私は「返信」をクリックし、チャ・スナに送るメールを書いた。

昔の友人を覚えていてくれて、ありがとうございます。お返事がずいぶん遅くなりましたが、よろしければ一度お会いしたいと思います。日時や場所は都合のよいところを決めてください。連絡をお待ちしています。

＊19【三豊デパート】一九九五年六月二十九日、デパートの営業中に突然五階建ての建物が瞬時に崩壊した。一九八九年に建築されたばかりの新しい建物だった。利益優先主義がもたらしたこの事故は、韓国社会に大きな衝撃を与えた。

10

お茶を飲もうとガスにやかんをかけてから机の前に座り、コンビニから持ち帰ったおにぎりを朝食に食べる。残りの二つは一度寝てから、起きたあとに食べるつもりだ。ノートパソコンを立ちあげるとスタート画面に各種のフォルダが現れる。ダウンロードした映画のフォルダ、英会話、いままでに書きためた演劇台本、写真のフォルダ等々。最近もっとも頻繁に開くフォルダは「ネコジャラシ」と「黒シャツ」だ。いつものようにまずはインターネットにつないで、主要記事の見出しから目を通す。テドン建設のイム会長が横領背任容疑で拘束されたという記事が目に飛び込んだ。ざっと読んで、今度はメールを確認する。一つは姉からのもの。もう一つは、小劇場の代表からの次の作品を一緒にやろうという内容。そして、パク・ミヌ先生のメールも届いていた。彼の会おうという提案に、わたしはそろそろゲームの終わりが近づいてきたことを実感した。

キム・ミヌが死んでからしばらくの間、わたしは週末になると富川に行き、彼のお母さんと過ごしたものだった。わたしたちは互いに支え合った、とでも言おうか。キム・ミヌの不在は、時とともに、わたしをどうしようもなく混乱させた。彼の死がまるでわたしの責任でもあるかのように、わたしは自分の煮え切らなかった態度を責めた。でも、それもしばしばのこと。キム・ミヌのお母さんもそうであるように、残された者は生きていかなければならないのだから。お母さんとわたしは食べて飲んで一緒に笑いもした。お母さんはわたしの世代の言葉で言うなら、クールだった。母親ほどの年であっても友達のような親密さがあったし、文学少女のような純真さとでもいうか、子どものように無邪気というか。とにかくそんな面があるから、わたしたちは話が通じ合った。

彼が亡くなって季節が変わり、春の花が満開だったある日、一緒に街に出てビールを飲んだことがあった。そのとき、お母さんが十代の頃に乱暴された話をした。それも、なんでもないことのように、当時の状況まで詳しく覚えていた。わたしは彼女が大学ノートになにかを書いていることに気がついていた。最近では、パソコンの使い方を教えてほしいと言い、息子が残したノートパソコンにそれを入力する作業をはじめた。女子高を卒業してから経理の職について、タイピングを習っておいたことがとても役に立っていると、満足そうだった。わたしが何を書いているのかと聞くと、お母さんは答えた。

「手記のようなものね。そう、よく耐えた、よく生きてきたって、自分を慰めたり励ましたりするのよ」

わたしはその言葉の意味をすぐに理解した。辛くて苦しいとき、日記を書いたり、誰かに手紙を書いたりするといっそう自己憐憫に陥ることもあるが、回復していることを感じられもする。ある日、お母さんはわたしに会うなり、やや上ずった声で、幼い頃からよく知っている人が市庁で講演をするのだと言った。彼女はサンドンネに暮らしていた頃の話をわたしにしてくれた。彼にまつわる話もすべて打ち明けた。話を聞きながらわたしはこらえきれずに尋ねた。

「だからミヌさんの名前はその人と同じなんですね。もしかして、ミヌさんのお父さんって……」

お母さんは笑って、ドラマでも書くつもりなの？　と言った。

「わたしとその講演に行きましょう。その人も喜ぶかもしれないじゃないですか」

「こんなに太っちゃったしね、会ってもがっかりさせちゃう」

そう言って自分の姿を一度じっくり見まわして、ため息をついた。

「あの人はもうずっと前に、わたしとは違う町の人になってしまったのだから……」

講演の日、わたしはお母さんには知らせずに彼を訪ねていった。講演が終わるのを待って、キム・ミヌのお母さんの名前と電話番号を書いたメモを彼に渡した。後になってそのことを話すと、お母さんははじめて本気でわたしを叱った。

「どうしてそんなくだらないことを思いついたの？」

わたしは彼女の怒りをかわそうと悪知恵を働かして、賭けをしようと提案した。

「ばかなことを言わないでよ。電話がかかってきても間違いですって言うわ」

「とにかく、電話がかかってくるに五万ウォン賭けます」

「かかってこないに十万ウォン！」

「本当に？　電話がかかってきたら十万ウォンくれるんですね？　本当ですよね？」

そんなことも忘れかけていたある日、深夜にお母さんから電話がかかってきた。酔っているようだった。パク・ミヌさんから電話がかかってきたのだけど、出ることができずにいたら、メッセージが残されていた、と言うのだった。お母さんはアルコール中毒ではなかったが、独りになってからはずいぶんとお酒に頼るようになっていたようだった。血圧も高いのだから一人では飲まないようにと注意すると、お母さんはけだるそうな声で、お酒は時間を短くしてくれるでしょ、夜でも昼でもあっという間に過ぎていくのよ、と言う。わたしが心配してもう一度念を押すと、不承不承こう言った。

「寝ている間に夜中にバイバイ、っていうのが一番幸せなんだってね。そうなれたらいいのに」

その週末、わたしはお母さんのところへ行って、「十万ウォンちょうだい」とふざけ半分にねだるつもりだった。ところが、コンビニの週末勤務のアルバイトの子が突然やめてしまったせいでピンチヒッターとして駆り出され、休むことができなかった。その次の週は、今度は演劇の公演が迫り、リハーサルだなんだと慌ただしかった。電話で話す時間もなく、メッセージでやりとりしただけだった。ある日、ついに、その建築家と電話で話したというメッセージが来た。一度会えばいいのに、とわたしがそそのかすと、お母さんはどうしても会うのは嫌だと言った。

公演の前日だったか、朝、コンビニの仕事を終えて帰る途中に、彼女からの最後のメッセージを受け取った。

仕事は終わったの？ 今日も疲れたでしょう。明日から公演よね？ 明日が無理ならあさってにでも行くわね。しばらく会っていないから会いたいわ。

なのに、お母さんはその週も、その次の週も、公演を見にこなかった。

わたしは、彼女が残していった物をいくつか、この部屋に置いている。彼女は息子が死んでわずか数か月後に、慌てて息子の後を追うように、自分で言っていた冗談のように、夜の間にバイバイと、幸せな死を迎えた。家で布団の中に入ったまま亡くなったのだ。死因は脳卒中だった。

　彼女の遺体を最初に見つけたのはわたしだ。演劇の公演が三週目に入ったある日、来週には公演の幕が下りるというのに、彼女からは連絡もなく、姿も見せないので電話をした。ところが、電話をかけるたびに電源がオフになっている。メッセージを送っても返事がない。わたしはちょっと不安になって、コンビニのアルバイトを終えるとまっすぐ彼女の家に行ってみた。アパートの外廊下に面した玄関のドアには、各種のチラシ、中華料理店や近隣の食堂が宣伝用に作ったメニューなどがべたべたと貼られていた。インターフォンを押すと、家の中でピピピピと鳥の鳴き声のような音が響いた。何の反応もない。繰り返しインターフォンを押しつづけた。それに応えるように、ただただ鳥の鳴き声だけがする。わたしは玄関の暗証番号を知っていた。キム・ミヌの誕生日だ。

　ドアを開けるなり、不快な臭いがもわっとふりかかった。電気をつけるとまず最初に、台所兼リビングに置かれた小さなお膳の上に飲みかけの焼酎瓶とビール瓶があるのが目に入った。一つしかない部屋のドアを開けた。布団が敷いてあった。布団の裾から濡れた革のような灰色の顔が見えた。わたしは口を覆って立ちすくんでいたが、はっとして部屋を飛び出し、管理室に知らせた。警察が来て、翌日簡単な検視があり、キム・ミヌのときのように事務的に迅速に処理されていった。一人の人間が地上から消えることなど、たいしたことでもない。至るところで毎日さまざまな理由で人が死に、生まれている。死ぬのも生きるのもどちらも日常に過ぎない。

直系の家族なのかという警察の問いに、わたしは息子の婚約者だったと言い張り、キム・ミヌが残したノートパソコンを持ち出した。菓子箱と衣装ケースに大事にしまわれていた分厚い大学ノート五冊とアルバムなども持ってきた。ついアルバムまで持ち出したものの、ばかなことをしたものだ。あの写真の数々はいまとなっては持てあますばかりだ。近いうちにキム・ミヌが死んだ忠州の寂しい川辺にでも行って燃やしてしまおう。

彼女の家からいくつかの物を持って出てきたとき、玄関の外の廊下に置かれている植木鉢にネコジャラシが生い茂っているのが目についた。というより、長らく放置され、黄色いススキのように色褪せた状態だった。わたしは彼女がわざわざネコジャラシなんかを植木鉢に植えたりしないだろう、種が風に乗ってやってきて芽吹いたにちがいないと決めつけながらも、こんなにも生い茂っているからには、水をやっていたのかもしれない、と思った。

わたしは最近、彼女の手記を読むことにすっかり夢中になっている。かなりの分量だ。いつこんなにたくさんの量をノートパソコンに移していたのか、大学ノート一冊分はゆうに整理されていた。ペンで書いたノートの文章はやはり粗さが目につくが、ノートパソコンに保存されていたものは最近になって手を入れたのか、きちんと体裁を整えれば本にしても遜色がないほどだった。ある日この文章を読んでいて、突飛なことを思いついた。この文章の最初の読者はあの人でなければ、と思ったのだ。

わたしは合間をぬって、あらすじを書くように膨大な量の文章を短く要約して、彼女の名前でパク・ミヌと接触をはじめた。わたしはすでに彼について多くのことを知っている。一日に何度もインターネット上のパク・ミヌと関連のある記事と情報を読んだ。パク・ミヌに手紙を書いていれば、わたしはサンドンネのチャ・スナになる。一度は彼の手につかまってこの半地下の部屋から脱出する夢を見たりもした。コンビニから帰ってきて文章を書くうちに、うっかり寝入ってしまったのだが、そのとき豪雨に襲われて半地下の階段に泥が押し寄せてきた。あっという間に部屋は水に浸かった。しきりにもがくわたしに、キム・ミヌが早く出なくてはいけないと言って手を差し伸べる。その手にすがってどうにか脱出してみると、それはキム・ミヌではなくパク・ミヌなのだった。

もうそろそろ舞台から下りなくてはならない。わたしはパク・ミヌのメールに返事を書く。チョン・ウヒとチャ・スナ、そのどちらもが先を争って声をあげようとして心が乱れる。けれども、タイピングをはじめた瞬間、わたしは自然にチャ・スナになる。パク・ミヌさんへ。わたしも一度はきっとお会いしたいと思っています……。

一時間ほど前に待ち合わせの場所に来て、あたりを見まわした。わたしはこの場所の昔の姿を知らないけれども、キム・ミヌのお母さんの文章で読んだような雰囲気は感じられなかった。山の稜線にはびっしりと城砦のような高層アパートがひしめき合っている。枝をあらわにしはじめた背の高い広葉樹には、紅葉した木の葉がちらほらと見える。松や樅（もみ）のような常緑樹が舗装された道沿いに立ち並ぶ。いろいろな色の落ち葉が敷きつめられた道を、若い母親がひさしのついたベビーカーを押して通り過ぎていく。子どもたちが白い犬と遊んでいる。子どもたちの澄んだ笑い声がひときわ高く響いていた。

アパート団地の構内の坂道を下り、大通りに面したホテルに入った。以前は映画館があった場所だと聞いている。最上階のラウンジに上がっていく。窓際の一番後ろの席に座った。ラウンジには、ついさっき一度下見に来ている。この席もわたしが目をつけておいた席だ。一面のガラス張りで、外の風景を展望できるのは東側なので、午後は影が差しこんでくる。窓からは山裾にずらりと屏風のように立ち並ぶ高層アパートが見えた。

約束の時間にパク・ミヌがやってきた。ノーネクタイでダークグレーのスーツを着ている。彼がきょろきょろと中を見まわしている。わたしは彼と目が合わないようにうつむいていた。パク・ミヌもまた窓際に来て、外の風景を眺めながらしばらく立っていた。なにか昔の痕跡を探しているのかもしれない。彼が座らずに立っていたからか、ウェイターが近づいてなにか言い、席に案内しようとすると、そのまま椅子にゆっくりと腰を下ろした。わたしのすぐ目の前に彼の半白の髪と寂しくなった頭頂部が見える。丸まった肩のせいで、スーツの背中のあたりが丸く盛り上がっていた。年老いた男の背中はいつも少し悲しげに見える、とわたしは思った。彼は腰を下ろしたまま窓の外を見つめ、ときおり思い出したかのように入口の方を振り返る。パク・ミヌは過去の方に向かって座っている、そしてパク・ミヌの過去がわたしの現在なのだと思った。彼は袖をまくって時間を確認する。約束の時間からすでに二十分ほど過ぎていた。わたしは席を立ち、彼が座っている方に足を踏み出す。彼の脇を通り過ぎようとしたとき、携帯電話の鳴る音がして、彼の声が聞こえた。

「うん、父さんだ。元気にしているか?」

わたしは静かに彼の脇を通り過ぎて、そのまま外に出た。あの席に彼がどれぐらいのあいだ座っているかはわからないが、待っていたところで無駄だということを悟るのに長い時間はかからないだろう。わたしは、あともう少しだけチャ・スナとして生きなければならないかもしれない。いまのところは、そうすることでなんとかこの世界に耐えていけるからでもあるし、まだ少し話すことが残ってもいるからだ。それはわたしの物語でもあるし、語りつくされなかったチャ・スナの物語でもある。

＊　＊　＊

娘が今年の冬は韓国で過ごそうかと思うと言った。長期休暇中の夫が韓国に行きたがっているのだという。私は思わず「母さんは？」と聞いた。「私たちだけよ」。娘は短い沈黙のあと、「お父さんたら、もう。どうして一度もこちらに来ないでいられるの」と恨めしそうに言った。

電話を終えてさらに三十分ほど待っていたが、チャ・スナは来なかった。私はもう少し待ってみようかと思ったが、いったい何をやっているのだろうという気がして腰を上げた。自分で待ち合わせ場所をここに指定しておいて、なぜ現れないのだろうか。

表に出るとすでに日が傾いていた。落ち葉が舞い散る通りの街路樹の下に、季節外れのネコジャラシが黄色く色褪せて風に吹かれていた。

「これ見てよ、こういうのは全部雑草なんだと家政婦さんが言ってたわ。これ、芝生より色が薄いでしょ。芝生は互いに絡み合っているんだけど、雑草は草刈り鎌で一つずつ掘り返してやると、すぐに抜けるのよ」

妻は芝生の隙間から雑草を抜いて見せて、なにか重要なことにでも気づいたかのようにずっと話していた。私はウッドデッキのパラソルの下に座っていて、そちらの方に気のない視線を向けると、すぐに読みかけの新聞に目を戻した。

「雑草は繁殖力が強いから、放っておくと芝生がダメになってしまうの。こんなふうにまだらになっているところは、全部雑草のせいなんだから」

妻は夏になると庭にしゃがみこんで、雑草を抜きながらしきりにぶつぶつ言っていた。アメリカから帰国して、建築設計の仕事をはじめて十年近く経って、ようやく私はソウル近郊の新都市に土地を買い、自分で設計した家を建てた。そもそも妻は、庭に座って雑草を抜いたり、手に土がついたりすることなどは嫌っていたのだ。だが、同じようにその地で暮らしはじめた近所の奥さんたちが、春になると三々五々グループを作って出かけて、花を買ってきて植えているのを見ると、生来の負けずぎらいに火がついた。きっちりした性格でもあるし、隣家を意識したということもあろう。癪に障ったらじっとはしていられない性質でもある。しばらく庭作りに熱を上げ、大型園芸店で珍しい野生の花を買ってきては植えた。猫の額ほどの庭ではあったが、手入れするとなるとかなりの手間だった。私は多忙を口実に、家を建てはしたものの外で過ごす時間が多くなり、庭のことなどには関心がなかった。妻は、こんなことならどうして戸建てにしたのか、夜中に独りでいるとどれだけ怖いかわかっているのかなどと、不満を募らせていった。

私はふと、韓国ではいつから庭に芝生を敷くようになったのだろう、と考えた。もともと私たちの庭は真砂土か、もしくは土のままの庭だった。そして庭の垣根の下には小さな花壇を作り、マツバボタン、ホウセンカ、エゾギク、アジサイなどを植えたり、家庭菜園を作ったりした。実のところ、芝生といえば、韓国の気候に合わないどころか、墓地に敷く用途くらいしかなかったのではないか。ところが、いつからか、庭に芝生が敷かれはじめ、それが中産階級の庭園の象徴になったのだ。あるとき、庭に立って、芝生を剝いで真砂土を敷いてしまおうかと思案していると、庭に植えていた花々のあいだから数本、綿毛のような見慣れた草がひょっこりと生えているのを発見した。家政婦と妻が抜きそこなったものが、やっとその姿を現したのだ。ネコジャラシだった。私はそれを引き抜こうとしたが、思い直してそのままにしておいた。わざわざ植えた草花とさりげなく一緒になっている姿が悪くないと思ったからだった。

妻と私はその家でそれほど長くは暮らせなかった。私は結局妻の要求に負けて、当時ずいぶん人気のあった江南の高級マンションに引っ越し、妻との関係は少しずつ回復しがたいほどに悪化していった。妻が娘のもとに行って過ごすことが多くなると、私はいまのタウンハウスに移った。高級マンションなど、私ははなから気に入らなかった。いま住んでいる家も気に入らないという点では変わりはない。パソコン上で地図を見て、新しい土地を探して、ここぞという場所に家を建てる想像をするのが、このごろの私の唯一の楽しみだ。しかしその家に一緒に暮らす家族はいない。

私は道の真ん中で、どちらに行けばよいのかわからぬ迷い人のように、ぼんやりと立ちつくしていた。

作家の言葉

数年前、全泰壱[20]（チョンテイル）に関するドキュメンタリーを見たことがある。彼の家族と友人たちが出演し、彼について証言していた。

平和市場の労働者全泰壱の焼身自殺による抗議は、そのほとんどが広く知られていることであるが、合わせて編集された昔のフィルムの中に流れる平和市場周辺の通りと人びとの様子は当時を思い出させた。

ところで、制作者はなんと、当時の平和市場で全泰壱を雇用していた社長を探し出し、登場させている。ワイシャツ姿の白髪の老人が、どこにでもあるようなアパートのソファに座って話していた。

私も苦しかったのだと。あの頃、縫製用ミシン数台ではじめたのだと。

記者が全泰壱の死について当時の思いを聞くと、彼は少しの間うつむいていた。老人が顔を上げたとき、カメラがその目元ににじむ涙を捉えた。

彼らの状況をまったく知らなかった、あんなことになるとわかっていれば、もう少し助けてやれたのに。と、彼は言った。

それは短い瞬間に過ぎなかったが、我々が到達した現在という時間を見せつけているかのようだった。彼はおそらく生涯忘れることはなく、それは彼の人生においてもっとも深い悔恨であることだろう。

個人の悔恨と社会の悔恨はともに痕跡を残すが、しかし個人も社会もそもそもが同じ一つの体なのだということがそのときにはわからない。

前の世代の過去は、めぐる因果となって若い世代の現在に還ってゆく。

困難のときを迎え、私たちはもっと早くに振り返らなければならなかった。

これは、まさに「かすかな昔の恋の面影」[*21]に関する物語だ。

二〇一五年十一月

ファン・ソギョン

＊主人公の先輩として設定したキム・ギヨンは建築家の故チョン・ギヨンさんの逸話を借用したことを明らかにしておく。

＊20【全泰壱】労働運動家。一九七〇年に東大門市場にある平和市場内の縫製工場の劣悪な労働実態に抗議して焼身自殺を図った。二十二歳だった。韓国の労働運動家の象徴的存在となっている。

＊21【「かすかな昔の恋の面影」】詩人の金光圭（キムクァンギュ）が一九七九年に発表した詩集に収められた詩のタイトル。後にこの詩を表題作にした選集が編まれるほどに、多くの人びとに知られている。この詩は一九六〇年に行われた大統領選挙が不正であったことに反発した学生や市民によって、当時の李承晩大統領が下野するに至った「四月革命」デモを題材にしている。デモに身を投じた若者たちが、やがてデモを恐れる中年世代になったという詩の内容が、この小説の主人公と通じるところがあるのかもしれない。また、一九五八年にメキシコで作られ、世界的大ヒットになった「Luna Llena」のカバー曲のタイトルでもある。韓国では一九六四年にチョンシスターズが、次いで一九七〇年には男性四人組ボーカルグループ、ブルーベルズが歌ってヒットさせた。

訳者あとがき

静かにまたたく星たちの物語

ちょうど本書『たそがれ』の「校正刷」を読んでいた二〇二〇年十一月二日のこと、オンラインで開催されたソウル国際作家フェスティバルの開幕講演に登場した黄晳暎は、やはり親友「安鐘吉（アンジョンギル）」の死から語りだしたのだった。一九六〇年四月、李承晩（イスンマン）独裁政権打倒のデモに参加した一高校生であった黄晳暎は、すぐ隣にいた親友が政府側の無差別射撃により頭を撃ち抜かれて流した真っ赤な血で全身を濡らしたのだという。「安鐘吉は尹東柱の詩「星を数える夜」が好きだった」と作家は言い、「安鐘吉の詩集『春・夜・星』を編集・出版したのが文学人生のはじまり」と語った。

一九四三年生まれ、民主化運動に生涯をかけ、やがて八十歳にもなろうというこの作家が今なお韓国社会と厳しく対峙し、問いを投げかけ、書くべきことにふさわしい文学の形を追い求め、新たな作品世界を構築しつづけているその力の源、創作の秘密がここにある。

いったい、作家黄晳暎は、どれだけの血を浴びて、どれだけの多くの死者たちと共に生きてきたことだろうか。

解放後に北から南へと越境してきた一族の子だった。朝鮮戦争、兵士として参加したベトナム戦争と、南北分断がもたらした二つの無惨な戦争を経験した。一九八〇年光州で多くの若い友人たちを亡くした。民主化闘争の現場に身を投じもした。一九八九年北朝鮮訪問、海外亡命、そして帰国後の獄中生活（一九九三〜九八）。長きにわたる彷徨と闘い。

植民地の民として生まれ、日本で獄死した詩人尹東柱が、星のひとつひとつに無名の人々の美しい名を呼んでみせたように、そのはるかな呼び声をわが身に宿して逝った親友安鐘吉のように、おそらく黄晳暎もまた、その彷徨と闘いのなかで、韓国近現代史を名もなく生きて死んでいった無数の星たちをその身に宿し、〝星たちの文学〟を紡ぎだしたのである。

しかし、いったい、どのようにして黄晳暎の無数の星たちは語りだしたのだろうか。

星には星の声がある。それは、星たちが生きて死んでいった風土に育まれた声でもある。そして、その声は西洋伝来の近代文学のリアリズムの枠の中には収まりようがない。そのことに、リアリズムを出発点とした作家黄晳暎が気づいたとき、（つまり、孤独な書き手と孤独な読者が向き合うばかりの近代文学の孤独な部屋の扉を開け放ち、物語の「場」を取り戻さねばならぬと思い至ったとき）、無数の星たちが降り立つ「場」としての新たな文学が呼び出されたのだ。

亡命と獄中生活の長い沈黙の時間を経て、最初に書かれた『懐かしの庭』（二〇〇〇年）以降の黄晳暎文学において、死者たちはみずからの声で実に生き生きとその生の記憶を語り、生者たちと語らう。たとえば、『客人』（二〇〇一年）。この実験的な作品においては、作家は、小説そのものを黄海道（ファンヘド）のシャーマンによる伝統的な民俗祭祀「客人巫祭（ソンニムクッ）」の「場／マダン」にしてしまう。「客人巫祭」の形式に則って次々開かれていく十二の「場」に、いまだその名を呼ばれることのなかった星／死者たちが次々と降り立ち、朝鮮戦争当時に黄海道信川（シンチョン）で村人同士が殺し合った大量虐殺の記憶を語りつくすのである。存分に語らって、血にまみれた魂の浄化を果たした星たちは、恩讐を越え、和解を果たし、天へとのぼってゆく。

（黄晳暎のこの試みは、済州四・三の犠牲者について語った詩人金時鐘の言葉を思い起こさせる。「その土地の禍いは、その土地の神でないと鎮められない」。済州島ではアカ狩りの名のもと、一九四八年からの数年の間に軍や警察や右翼団体によって三万人もの島民が虐殺された。当時、金時鐘は、多くの死体が打ち上げられた浜辺でシャーマンたちが鎮魂の巫祭（クッ）を執り行う光景を見た。）

思うに、イデオロギーや政治や経済によって、あるいは欲望によって分断され、傷つけ合い、踏みつけ合い、憎み合い、ついには殺し合うことにもなった人びとの記憶は、名もなき死者たちの声でこそ語られねばならないのではないか。

忘れられた死者たちと生者がふたたび出会う「場」が開かれたとき、そこに、問いを孕んだ死者たちの声による新たなこの世の物語が生まれ、さまざまな分断を乗り越え和解へと人々を誘う「場／マダン」としての文学の可能性が拓かれるのではないか。

本書もまた、そうした黄晳暎の文学的試みの一つだ。

この物語の背景には、労働現場の民主化を切り捨てたまま、言い換えれば、軍部が推し進めてきた開発独裁型の近代化を黙認したまま一定の成果を得た一九八七年の民主化闘争と、その後の韓国社会への作家の批判的な眼差しがある。

一九八七年の民主化以降、韓国社会は新自由主義への道を進み、貧富の差はますます広がった。そこには、本書の主人公の一人パク・ミヌのように、夢を追い、開発独裁に便乗することでその果実を得ると同時に、開発の過程で自身の生の拠り所までをも破壊することになった世代があり、一方で、その世代が作り出した格差社会に生まれ育ち、就職もままならず、もはや夢など持ちようもなく、ただただ諦めのなかで生きるもう一人の主人公、チョン・ウヒのような若い世代がいる。

経済的分断、世代間の分断、過去と現在と未来の分断、韓国の近代の行きついた先に幾重にも走る分断……。このようにさまざまに断ち切られた線をつなぎなおすようにして、つながれない生者たちに向けて物語の「場」を呼び出すのは、やはり死者たちの声なのだ。

同世代のキム・ミヌを介して、ミヌの母チャ・スナの声をわが身に宿すことになったチョン・ウヒと、過去に置き忘れてきたかつての恋人チャ・スナを悔恨と共に想い起こすパク・ミヌ。思わぬ形でこの二人の間で交わされるやりとりは、パク・ミヌには、過去も未来も現在すらも見失って立ち尽くす近代人の成れの果ての姿を突きつけ、チョン・ウヒには、近代のたそがれの中でただ流されるままに生きてゆくのかと問いかける。チョン・ウヒの心に宿った大切な死者たちが、「諦めるな、生きよ」と静かに語りかけるのだ。

路傍のネコジャラシのように誰に顧みられることもなく、踏まれて、抜かれて、打ち捨てられて、忘れられていった死者たちの声に耳澄ますならば、彼らと共に生きてゆくわれらの新しい生の「場」が開けることだろう。

大切な死者とともにあれば、私たちはきっと生きぬいていけるだろう。共に生きる死者たちへの日々の祈りは、無数の星が煌めく私たちの新しい世界の物語を呼び出すだろう。

それが黄皙暎の〃星たちの文学〃の教え。

このばらばらの世界を照らし出し、つなぎなおし、よみがえらせるのは、名もなき無数の星たちの静かなまたたき。だからこそ、私たちは、くりかえしくりかえし星たちの名を呼ばねばならないのだ。

二〇二〇年十一月十七日　流星群の夜に　姜信子

黄昏と暁と――「めぐる因果」を越えて

本書は前作から三年ぶりとなる二〇一五年に、韓国の出版社「文学トンネ」から刊行された作家・黄晳暎の中編小説である。

物語の主人公は二人。ひとりはパク・ミヌ。一九五〇年代に生まれ、現在は六十代の後半と思われる男性。この世代は「漢江の奇跡」と言われる一九六〇年代後半の韓国の急速な経済成長期に青春時代を送っている。彼もまた国の発展とともに、一流大学への進学、就職、留学、そして裕福な家庭の娘との結婚、「慶尚道」出身者であることから得られる豊かな人脈によって建築家として成功する。貧しいサンドンネ（山の町）から脱け出し、すべてを手に入れたはずなのに、振り返れば彼の周りには今はなにもない。家族も、友人も。さらに自分自身の存在すらも虚ろに感じられる。彼らが発展の象徴のように造りだしてきたさまざまな建築物（高層アパート団地や大型商業施設など）が、かつて自らも暮らしていたサンドンネの人びとの暮らしを押しつぶしてきただけではなく、自身の人生の一部をも消し去ってしまっていたことに思い至る。

もうひとりの主人公はチョン・ウヒ。もうすぐ三十歳になろうとしている女性。駆け出しの演劇作家だが、それだけで食べていけるはずもなく、コンビニエンスストアのアルバイトでどうにか生計をたてながらカビ臭い半地下の部屋で暮らしている。ウヒや、アルバイト先で知り合うことになるキム・ミヌは、現在の韓国で「N放世代」と呼ばれる若者たちである。

N放世代は二〇一一年頃から使われ始めた新造語である。当初は「三放（恋愛、結婚、子どもの三つをあきらめなければならない）世代」であったが、やがてそこに雇用、マイホームを加えた五放、さらに対人関係、希望を加えた七放というように、彼らがあきらめなければならないことの数は増えていった。

結婚しないのかとキム・ミヌの母親であるチャ・スナに問われて、「わたしたち、みんな、あきらめて暮らしてるんですよ」と、チョン・ウヒが答えていたり、仕事の現場でいっしょになった作業班長が夢を語ろうとすると、キム・ミヌは「すごいな。まだ夢があるんだな」と、応じたりしているのはまさに彼らがN放世代だからだろう。事実、ウヒ、キム・ミヌはそれぞれアルバイト、非正規社員として生きている。

実際の韓国社会において、パク・ミヌとチョン・ウヒのような人びとは、世代間格差のために対立関係にあると言われている。パク・ミヌの世代は、経済成長の時代の波に乗り安定した生活基盤を構築していったが、その一方で一九九七年の外貨危機（本書三十三頁の訳注4参照）を招きもした。急速すぎる発展は、「成長痛」というには大きすぎる痛みを社会に残し、その後遺症は今もウヒやキム・ミヌのような若い世代に大きな影響を与えているのだ。そしてキム・ミヌは生きることをあきらめる選択をする。

けれど、わたしたちはいったい何を間違えてしまったのでしょう。どうして子どもたちをこんなふうにしてしまったのでしょう。

これはチャ・スナの手記にある文章だが、それを実際にパク・ミヌにメールで送っているのはウヒだ。世代を超えて、時代に翻弄されてきた、あるいは今まさに翻弄されている人びとの声。ひとりの母親でありひとりの女性であるチャ・スナの叫びは、ウヒやキム・ミヌのようなN放世代の叫びとも共鳴する。

著者ファン・ソギョンは「作家の言葉」の中で次のように述べている。

個人の悔恨と社会の悔恨はともに痕跡を残すが、しかし個人も社会もそもそもが同じ一つの体なのだということがそのときにはわからない。

前の世代の過去は、めぐる因果となって若い世代の現在に還ってゆく。

困難のときを迎え、私たちはもっと早くに振り返らなければならなかった。

同じ時代を生きたチャ・スナや、その後の世代であるチョン・ウヒ、キム・ミヌの叫びに、パク・ミヌはどう応えるのだろうか。それはこの小説を読むひとりひとりに向けられる問いでもあるだろう。

訳者は、日本では「(就職)氷河期世代」、あるいは「失われた世代」などと呼ばれる世代である。パク・ミヌとチョン・ウヒのちょうど間の世代だ。そのせいか、『たそがれ』を翻訳しながら、板挟みのような居心地の悪さを感じることがあった。パク・ミヌに対しては、恵まれた時代環境で好きにやっておいて、その後始末を私たちに押しつけたと恨みがましいような気持ちになり、一方で、ウヒやキム・ミヌに対しては単純にがんばれと励ますこともできない。道をうまく開けないままなのは、私たちの世代も同じなのだから。「ねえ、なんとかやっていこうよ」。そんな言葉しか見つけられずにいる。ウヒはこの言葉を受け取ってくれるだろうか。

ほんのつかの間、交わるかのように見えた彼らの人生は、結局また遠ざかろうとしていく。物語の最後、「あともう少しだけチャ・スナとして生きなければならない……まだ少し話すことが残ってもいるからだ」とチョン・ウヒは言う。それは「めぐる因果」をみずから断ち切るために必要な時間なのだろうか。それならばそれでもいい。けれどいつか、そう遠くない将来にあの半地下の部屋を出て、ウヒが彼女自身の人生の暁を迎えてほしいと願うばかりだ。生きることすらあきらめなければならなかったキム・ミヌも、そう願っていたように。

二〇二〇年十一月十三日　全泰壱烈士(ヨルサ)の五十周忌に　趙倫子

黄皙暎〔ファン・ソギョン〕

1943年満州長春生まれ。東国大学哲学科を卒業。

高校在学中に短編小説「立石付近」で『思想界』新人文学賞を受賞。

短編小説「塔」が1970年朝鮮日報新春文芸に当選し、本格的な作家活動をはじめた。

主要作品に『客地』(1971)、『韓氏年代記』(1972)、『森浦へ行く道』(1973)、

『張吉山』全12巻(1974〜1984)、『歌客』(1978)、『武器の影』(1988)、

『懐かしの庭』(2000)、『客人』(2001)、『モレ村の子どもたち』(2001)、

『沈清、蓮の道』(2007)、『パリデギ』(2007)、『宵の明星』(2008)、

『江南夢』(2010)、『見慣れた世界』(2011)、『早瀬の水音』(2012)、

『たそがれ』(2015)、自伝『囚人』(2017) などがある。

1989年ベトナム戦争の本質を総体的に扱った『武器の影』で萬海文学賞を、
2000年社会主義の没落以降、変革を夢見て闘争した人びとの人生を描いた
『懐かしの庭』で丹斎賞と怡山文学賞を受賞した。

2001年「黄海道信川大虐殺事件」をモチーフにした『客人』で大山文学賞を受賞した。

フランス、アメリカ、ドイツ、イタリア、スウェーデンなど
世界各地で多くの作品が翻訳、出版されている。

『客人』『沈清、蓮の道』『懐かしの庭』がフランスとスウェーデンで「今年の一冊」に選定。

『たそがれ』でフランスのエミール・ギメ・アジア文学賞を受賞した。

日本ではこれまでに『客地 ほか五篇』(高崎宗司訳、1986)、

『武器の影』(高崎宗司、林裔、佐藤久訳、1989)、

『懐かしの庭』(青柳優子訳、2002)、『客人』(鄭敬謨訳、2004)、

『パリデギ—— 脱北少女の物語』(青柳優子訳、2008、以上岩波書店)、

『モレ村の子どもたち』(波多野淑子訳、2019、新幹社)、

『囚人　黄皙暎自伝』(舘野晳、中野宣子訳、2020、明石書店) が刊行されている。

姜信子〔きょう　のぶこ〕

1961年、神奈川県生まれ。著書に『棄郷ノート』(作品社)、

『ノレ・ノスタルギーヤ』『ナミイ!』『イリオモテ』(以上岩波書店)、

『生きとし生ける空白の物語』(港の人)、『平成山椒太夫』(せりか書房)、

『現代説経集』(ぷねうま舎) など多数。

訳書に、カニー・カン『遥かなる静けき朝の国』(青山出版社)、
李清俊『あなたたちの天国』(みすず書房)、ピョン・ヘヨン『モンスーン』(白水社)、
鄭靖和『長江日記』(明石書店)。

共訳にホ・ヨンソン『海女たち』(新泉社)、ソ・ミョンスク『オルレ』(クオン) など。

編著に『死ぬふりだけでやめとけや　谺雄二詩文集』(みすず書房)、

『金石範評論集I』(明石書店) など。

2017年、『声　千年先に届くほどに』(ぷねうま舎) で鉄犬ヘテロトピア文学賞受賞。

趙倫子〔ちょ　りゅんじゃ〕

1975年、大阪府大東市生まれ。韓国語講師。パンソリの鼓手および脚本家。

創作パンソリに「四月の物語」「ノルボの憂鬱」「海女たちのおしゃべり」。

共訳にホ・ヨンソン『海女たち』(新泉社)。

たそがれ

新しい韓国の文学22

2021年6月20日　初版第1刷発行

〔著者〕黄晳暎（ファン・ソギョン）

〔訳者〕姜信子・趙倫子

〔編集〕サウダージ・ブックス

〔校正〕嶋田有里

〔ブックデザイン〕文平銀座＋鈴木千佳子

〔カバーイラストレーション〕鈴木千佳子

〔DTP〕アロン デザイン

〔印刷〕藤原印刷株式会社

〔発行人〕

永田金司　金承福

〔発行所〕

株式会社クオン

〒101-0051

東京都千代田区神田神保町1-7-3 三光堂ビル3階

電話　03-5244-5426

FAX　03-5244-5428

URL　http://www.cuon.jp/

ISBN 978-4-910214-22-1 C0097